菖蒲

志异悬疑系列

XIANGSI MEN

相思门

接力出版社
Publishing House

"萌芽书系"总序

赵长天

　　《萌芽》杂志创刊四十八年了，培养青年作家始终是这本杂志的宗旨之一。二十年前，我的第一本小说集《外延形象》就是作为"萌芽丛书"之一种，由萌芽编辑部编辑、重庆出版社出版的。那是在哈华同志当主编的时候。后来曹阳继任主编，依然曹随萧规，继续编辑"萌芽丛书"。出书，是青年作者继发表单篇作品之后在创作上的又一个新台阶，对青年作者的成长至关重要。但是后来，由于社会的发展，出版业进一步市场化，编辑出版"萌芽丛书"也就被迫中断了。

　　近年来，《萌芽》杂志终于走出低谷，重新恢复了在大中学生中的权威地位，成为一个知名的文学品牌。新作者只要在《萌芽》连续发表作品，或者获得"新概念作文大赛"一等奖，就会立刻崭露头角，受到年轻读者的欢迎，也会受到社会的广泛重视。为了让一些确有才华的年轻人更集中、更全面地展示他们的文学成果，也为了让年轻的读者们读到更好的、他们喜欢的书，我们决定恢复过去的传统，为年轻作者编辑出书。

　　前两年我们已经陆续编辑出版了十几本书。从今年开始，我们加大了书籍编辑的力量，并将除了《新概念作文大赛获奖作品选》之外的书籍一并纳入"萌芽书系"。"萌芽书系"将大体包括三种类型的图书：一是优秀作品的合集，包括《萌芽》精选本；二是作者个人作品集；三是长篇小说和长篇纪实。我们的编辑方针是好中选优，兼容并蓄，鼓励各种不同风格的作品。我们会精心做好选题和编辑工作，并选择优秀出版社作为合作伙伴。我们会珍惜自己的品牌。希望青年朋友们喜欢"萌芽书系"，也欢迎你们提出宝贵意见。

二○○四年十二月

平江眉山远流光，
临水指月笑倚窗。
浮生不解红尘意，
蕙带荷衣醉歌长。

韦长歌小档案(二)

韦长歌,天下堡堡主

喜欢的植物:菖蒲

喜欢的动物:鲤鱼

喜欢的颜色:一切淡的颜色

喜欢的香味:对苏妄言说斗室梅花最香,但私底下的真实想法是,窈窕佳人沐浴后的味道最好闻

擅长的事:煮牛肉面

迄今为止最好的朋友:苏妄言

不为人知的烦恼:不可说

讨厌的事物:和尚不明事理,才子不通人情,女子端庄而见谤,煮鹤焚琴,以及一切煞风景的事

齐物论

两人认识了六年又七个月的时候,苏妄言终于答应请韦长歌吃饭。韦长歌受宠若惊,特意起了个大早,出门赴宴。苏妄言却照例好半天才慢悠悠地出现,带着韦长歌进了路边一家小面馆。

早春料峭,小面馆四面漏风,摇摇晃晃的木桌上两个斗大的海碗里牛肉面冒着腾腾热气。

韦长歌小心翼翼地伸出食指碰了碰碗沿上的豁口,又小心翼翼地缩回手。

韦长歌问:"我听说今天苏大公子请客?"

苏妄言点头:"正是,韦堡主千万不要客气,若是不够,尽管再加一碗——我已交代店家,面里头多加肉。"

韦长歌迟疑地问:"你请我吃面?"

苏妄言眨眨眼:"韦堡主难道没有听说过吗?有道是'天地一指也,万物一马也;莛与楹,厉与西施,道通为一'——只要请客的本质不变,请客的内容是牛肉面还是山珍海味,又有什么差别呢?"

韦长歌没有说话,拿起筷子,默默吃光了面前的牛肉面。

一个月后,韦长歌给苏妄言送去请帖,邀他到天下堡赴宴。

苏妄言到的时候,韦长歌已在野狐泉边设好了酒宴,盖得严严实实的器皿食盒热热闹闹地摆了满桌,揭开盖子,内里却无一例外都是牛肉面。

韦长歌笑眯眯地招呼:"老子说,道在极高深处,也在极平常处。承蒙苏大公子指教,韦长歌总算领会了齐物论的精髓。来来来,这都是我亲自下厨做的牛肉面,你尝尝,味道可还好否?"

苏妄言一时无语。

之后一年,苏妄言每次来到天下堡,韦长歌都以亲手烹制的牛肉面热情款待之。

誰家公子動洛京。
醒時枕劍醉妄言，
錦帶吳鉤載酒行。
殺人鬧市不掩名，

苏妄言小档案(二)

苏妄言,洛阳苏家大公子
喜欢的植物:菖蒲
喜欢的动物:沙鸥
喜欢的颜色:天青色
喜欢的香味:斗室梅花
擅长的事:使唤韦长歌
迄今为止最好的朋友:韦长歌
不为人知的烦恼:钱不够用
讨厌的事物:情人负心,朋友负义,世态炎凉,以及一切不平之事

阿堵物的烦恼

某天。

苏妄言问韦长歌:"为什么每次见到你,你都穿着我没见过的新衣服?"

韦长歌回答:"因为保持外表整洁让我心情愉快。"

韦长歌问苏妄言:"为什么每次见到你,你来来去去都是几件旧衣服?"

苏妄言回答:"因为我没有钱。"

韦长歌于是哑然。

从十五岁那年开始,苏妄言每个月可以从苏家领到十五两银子的例钱,到了二十岁,每个月的十五两银子变成了三十两。但,无论是十五两还是三十两,对整天东奔西走、立志要遍游天下的苏妄言来说,其实都是一样的不够用。

开始的时候,苏妄言也想过各种办法来赚钱贴补花销:代写书信、卖字卖画,可惜几次下来不但没有赚到盘缠,反倒多出了亏空。至于那些赚钱的买卖,打家劫舍不能做,保镖护院不屑做,实在囊中羞涩,苏妄言只好让人把账单欠条都送回洛阳苏家——只是,账单不管送去了多少,奉行"勤俭持家"的苏老爷每每都坚定地不肯代付。

好在天下堡的生意遍布天下,苏妄言左思右想,终于横下了一条心。之后再出门,苏大公子总是住在天下堡的客店,吃在天下堡的酒楼,账单也一律送到天下堡交给韦长歌。如此有惊无险挨到年末,口袋里竟然还有三钱银子结余。

激动万分的苏妄言到指月楼找韦长歌聊天,礼物是从天下堡的茶庄买来的茶叶。

韦长歌听完苏妄言好不容易想出来的好办法,问:"你想到的这个办法,其实可以用三个字来概括。"

"哪三个字?"

"吃大户。"

韦长歌微笑着总结。

目录

一 · 秋水

那一年的冬天来得早，才进十月，就下了雪。下第一场雪的那天早上，女人就到了苏家。女人自称姓凌，不到三十年纪，穿着件褪了色的旧夹袄……怀里紧紧抱着一个青布包袱，不知里面装着什么重要的东西。

天下堡有重璧台。

每年冬天，韦长歌总会有一半的时间在这里赏雪。

从高台上望下去，天下堡连绵的屋宇楼阁都收在眼底，白日里披了雪，远远看去，就只见一片朦胧的玉色，如重璧连璐。

地上放着火盆，没燃尽的细炭在灰白的余烬里露出点暗红颜色。

杯中有鹅黄美酒。

卷帘有联翩细雪。

虽是苦寒天气，但世上清欢，可有胜于此者？

韦长歌满足而微醺地叹了口气，一口气喝干了杯里残酒，击节歌道："风触楹兮月承幌，援绮衾兮坐芳缛。燎薰炉兮炳明烛，酌桂酒兮扬清曲……"

唱到最后一句，突然停住了，若有所思似的，叹了口气。

韦敬在一旁侍卫，听见了，小心翼翼地上来问道："堡主，怎么了？哪里不对吗？"

韦长歌看他一眼，微微一笑，道："没什么。只是这样的雪夜，一个人喝酒，未免还是寂寞了些，要是……"

话没说完，便听远处有人悠然作歌，却是接着他先前的调子唱道："曲既扬兮酒既陈，怀幽静兮驰遥思。怨年岁之易暮兮，伤后会之无因。君宁见阶上白雪，岂鲜耀于阳春……"

那歌声清亮而悠扬，在冷清的夜里遥遥地传开，空渺地回荡着，又譬若风来暗香满，不着痕迹，已是慢慢地近了……

听到那声音，韦长歌的眼睛微微一亮，不自禁地笑了——每当这时候，他的眼睛总如天上的晨星一般明亮而动人。

就连韦敬都忍不住笑起来，几步抢到门口，先把帘子掀了开来。

凛冽冷风刹那迎面扑来。

但见外面皎洁雪地上，一道人影踏着歌声翩然而来，渺若惊鸿，转瞬到了跟前，随着漫天风雪直闯进来。

韦长歌早笑着起身，亲自迎了上去，亲昵地道："来得正好！我正愁没人一起喝酒呢！"

若说这样的雪夜里，天下堡的堡主会想起什么人，会想要和什么人相酌对谈，那无疑便是眼前的青年了——

韦长歌迄今为止最好的朋友，洛阳苏家的大公子，微笑着跟在韦长歌身后，面上微微的薄红颜色，不知是因为赶路，还是因为外面的寒冷。裹一领雪白狐裘，目光流盼，站在煌煌灯火下，更加俊美得让人不敢直视。一进重璧台，先四周环顾了一圈，这才笑着打趣："绿蚁新醅酒，红泥小火炉——韦堡主倒会享受！"

韦敬笑着道："苏大公子不知道，堡主刚才还在叹气呢，还好您来了！"

韦长歌笑笑，拉了苏妄言坐到自己对面，道："我这里风物皆宜，本来还缺个能一起喝酒的人，恰恰好你就来了，现下可真是齐全了！外面雪大，冷吗？快过来喝杯酒暖暖！"说着，亲自斟了一杯酒，放到苏妄言面前。

苏妄言扫了一眼，却不举杯。

韦长歌刚把杯子举到唇边，见他不喝，便也放下了杯子，诧然道："怎么了？"

苏妄言微微一笑，道："你不问我来干什么？"

韦长歌道:"你来干什么?"

苏妄言一字一顿道:"我来救你。"

韦长歌一怔,笑道:"我好好的,为什么要你救?"

苏妄言正色道:"现在虽然好好的,过一会儿可就说不定了。"

韦长歌想了想,自己摇了摇头,一笑:"过一会儿又能有什么事?"略略一顿,遂转向韦敬问道,"最近有什么人要和天下堡为难吗?"

韦敬也摇了摇头:"没有。"说完了,扬起头,又补了一句,"即便是有人要和我们为难,天下堡又有何惧!"

苏妄言一笑,也不说话,只从身边拿出一把剑来,递到韦长歌面前。

韦长歌诧异地挑了挑眉,双手接过了。

那是一把普普通通的佩剑,式样古朴,乍看并无甚特别之处,但只抽开寸许已是清辉四射,整个重璧台都猛地光亮起来。那剑光映在墙上,潋滟如水波一般。韦长歌身为天下堡的堡主,平素看惯了天下的神兵利器,但到这时,却也忍不住低呼了一声"好剑"。

话音未落,却戛然而止。

一旁的韦敬也情不自禁抽了口冷气——

剑鞘完全抽开后,出现在三人眼前的,竟赫然是一柄断剑!

韦长歌好半天说不出话来,许久,才惋叹道:"真是好剑!便是当年的太阿湛卢,怕也不过如此吧?这把剑本该是二尺七寸长的,却生生断在了一尺二寸的地方,却不知道是怎么断的?只可惜了这样一把好剑……"

苏妄言只是含笑不语，走到火盆前俯下身，拿了火筷子，轻轻拨开火盆里堆了一层的炭灰。

明红火光闪动，那一簇簇的淡蓝火焰，越发烧得旺了。

韦长歌倚在案前，仔仔细细端详着掌中的断剑。

紫檀为柄，乌金缠耳，全不见半点多余的文饰，就只有剑脊上，刻着两个小小的篆字。

"秋……水？"

韦长歌喃喃念道。

"秋水。这把剑的名字叫秋水。"

苏妄言淡淡解释。

韦长歌点了点头，继而抬起头看着他，惑道："这把断剑和我有什么关系？你说你来救我，到底是怎么回事？"

苏妄言看他一眼，并不回答，悠悠然走回座前坐下了，振了振衣衫，这才慢吞吞开口，却是说了一句："苏家有个剑阁。"

韦长歌皱了皱眉："剑阁？"

"苏家男子，人人习剑。每个人一出生，父母就会为他铸一把剑，这把剑从此就会跟着主人一辈子，而且是剑在人在。主人死后，照规矩，这些佩剑都会被收入剑阁供奉，以供后世子孙凭吊。哪怕是人死在外头，找不到尸骨，苏家也一定会竭力去把他的剑寻回来。到如今，苏家的剑阁里已经有四百七十六把剑了。"

苏妄言顿了顿，自言自语地道："四百七十六把剑，就是四百七十六位前代子弟，数百年来，多少江湖恩怨，多少风云变幻，统统都写在了这四百七十六把剑里……也因为这样，这剑阁便是苏家最紧要的地方，除了一年一度的家祭，任何人不许私自踏入剑阁一步。"

说到这里，加重了语气："敢有违者，必定重罚。"

韦长歌一心只想把事情追问明白，好不容易才忍住了，耐着性子听他说到这里，突地心念一动，隐隐有种不祥的预感浮上心头。他低头看看手里的秋水剑，再抬头看看对座的苏妄言，喃喃问："你……你该不会？"

苏妄言哈哈一笑，拍手道："还是你明白我！你猜得没错——我闯了剑阁，这把秋水就是我从那里偷出来的！"

韦长歌便觉一股怒意直涌上来，就想痛骂苏妄言一顿，但话到了嘴边却又皆成无奈，沉下声道："你要什么好剑，我这天下堡有的，自然是双手奉上，就是天下堡没有，我也会想法子去帮你弄了来。你偏要去偷把没用的断剑，到底是为什么?!"

说完了，恶狠狠地瞪着他。

苏妄言唇畔含笑，只是气定神闲迎上他的目光。

好半天，韦长歌终于长长叹了口气，言下有些恨恨："苏妄言，苏妄言！我真盼你什么时候能改改你这脾气！"

苏妄言吟吟笑道："我去偷它，自然有我的原因。不过现下，这都不打紧。重要的是我得赶在他们来之前救你出去。"

韦长歌不由得张了张嘴，就要发问。

苏妄言不等他开口，抢着道："不得私入剑阁，乃是苏家严令。我这次私闯剑阁，还带走藏剑，更是闯下了大祸。偏偏从剑阁出来的时候，又不小心惊动了守卫。你不知道，那天晚上，真是好生热闹——火光照亮了半个洛阳城，马蹄声数里之外都能听见——算起来，苏家怕是有好几十年没这么倾巢出动过了！

"爹和二叔带着人一路紧追着我不放，我试了好几次都没办法脱身，反正到了附近，干脆就带着他们往你这里来了。方才在天下堡门口，守卫不敢拦我，我把爹和二叔甩在后面，就直接闯进来了。

"亏得韦堡主你这里规矩大，我爹行事又方正，不敢跟我一样硬闯，这才叫我躲过去了。不过……"苏妄言略略一停，笑嘻嘻地道，"现在我爹就带人守在天下堡门口，怕是明天一早就会拿了拜帖进来找你要人了。"

苏妄言又一笑，端起面前酒杯，一饮而尽。

韦长歌举着杯子的手就这么停在了半空。

苏妄言看他一眼，微笑着道："我本来是想，他们眼睁睁看着我进了天下堡，一定以为我是打算躲在你这里，我若再趁机悄悄折回去，他们必然不会料到。只是转念想想，我倒是一走了之了，可苏家找你要人的时候，你却难免为难了。"

韦长歌只觉嘴里都是涩意，咬着牙道："也没什么好为难的！苏家来要人，索性把你交出去也就是了，倒省了以后许多麻烦！"

苏妄言听了，竟长长叹了口气："'仗义每多屠狗辈，负心多是读书人。'——我还以为堂堂天下堡的韦大堡主多少会和常人有些不同，原来也一样是不能共患难的。既然如此，也不必劳烦韦堡主，我自己出去就是了。"

作势就要起身。

韦长歌不由得失笑，忙探身牵住他衣袖："苏大公子还是留步吧，我这负心人还等着公子救命呢！"

苏妄言也是一笑，面上却满是得意之色，问道："你现在知道我为什么要救你了？"

韦长歌苦笑着点点头。

韦敬到这时才明白过来，啊了一声，急急道："我明白了！苏大侠明天一早就要跟堡主要人，堡主当然不能把苏公子交给他们，但若是不交人，只怕又会得罪了苏大侠——苏大公子，这事可怎么办好？"

苏妄言笑道："你放心，你家堡主虽是负心人，我苏妄言却不能不学学城门屠狗人，仗义帮他一次。"

韦长歌道："那依你的意思，苏家找我要人，我该怎么办？"

苏妄言眨眨眼："天亮之前，你已经跟我一起上路了。苏家找不到你，又怎么能跟你要人？"

韦长歌一怔，低头看了看案前美酒，又抬眼看了看帘外飘飘扬扬的细雪，好半天，才有点遗憾又有点无奈地长长吐了口气："去哪儿？"

"锦城。"

苏妄言又喝了一杯酒，微笑着说。

天亮的时候，韦长歌和苏妄言已经在天下堡三十里之外。

四匹百里挑一的良驹拉着马车快而平稳地驰在向南去的官道上。马车的窗帘掩得密密实实，宽敞的车厢里暖意融融，叫人几乎忘记了车外正是寒冬天气。冬日的拂晓，四下里都分外静谧，只有韦敬挥动马鞭的声音偶尔会隐约地传进车厢里。

韦长歌把秋水握在手里，翻来覆去地看。

对面，苏妄言裹紧了狐裘，正倚着车壁闭目小憩。

韦长歌悠悠叹了口气："我还是不明白，这到底是怎么回事？这把剑到底有什么特别之处，你宁可违犯家规都要去偷它出来？"

苏妄言微微睁开眼，不知在想些什么，良久，露出点似有若无的笑意，缓缓开口："今年，我又见到了那个女人。"

韦长歌疑惑地皱了皱眉："女人？什么女人？"

"那个女人姓凌。我第一次见到她，已经是十年前的事了……"

苏妄言眯起眼，一边凝视着香炉里缭缭升起的白烟，一边娓娓说着。

那一年的冬天来得早，才进十月，就下了雪。下第一场雪的那天早上，女人就到了苏家。

女人自称姓凌，不到三十年纪，穿着件褪了色的旧夹袄，打扮虽然朴素，却是荆钗国色，有一种遮掩不住的妩媚之态，怀里紧紧抱着一个青布包袱，不知里面装着什么重要的东西。

女人很难缠，她的要求也很古怪，偏巧这一天苏家能做主的长辈都出了门，所以负责迎客的家人只好找来了刚起床在枕剑堂读书的苏妄言。但苏妄言听了女人的要求，却也是哭笑不得，不知如何是好。

女人的要求说来也很简单，她要求见苏家的三公子。女人说，自己是苏三公子的故交，千里而来，有要事求见。

世人都知道，洛阳苏家家规森严，各房各支的子弟虽多，却只有长房嫡出的子弟能被人称一声"苏公子"。可是这一年，所谓的苏三公子，也就是苏妄言最小的弟弟，才刚满五岁，甚至还没有出过苏家大门。一个五岁孩童怎么会和这个姓凌的女人是故交？他又能有什么了不得的大事，值得女人一大早找上门来？但不管苏妄言怎么问，女人都不肯说出来意，只是反复说着一句"告诉他有姓凌的故人相访，他自然就知道了"。

苏妄言一来拗不过女人，二来也好奇想看看她所谓的"要事"究竟是什么，便让家人把三弟领到了前厅。睡眼惺忪的三弟见了女人果然是一脸茫然，但苏妄言没想到的是，女人好不容易见到了自己要求见的苏三公子，竟是勃然大怒！

女人愤愤地说："我是苏三公子故交，远道而来，你们怎么弄个小孩子来糊弄我？！"

苏妄言满心好奇却没见到自己想见的发展，已经有些失望，听了她的质问，就更是不快，冷冰冰地道："夫人要见苏三公子，我苏家便只有这一位三公子。既然舍弟不是夫人要找的故人，这就请回吧。"说罢就让人送那女人出去。

本来一脸怒意的女人却愣住了，像是终于明白了苏妄言并不是在和她开玩笑，好半天，就这么呆呆站着，眼神凄楚得可怜，最后什么也没说就这么离开了。

苏妄言本来也以为事情到此就算是结束了。但第二年的冬天，这个姓凌的女人却再一次站在了苏家门外，依旧是抱着那个青布包袱，依旧说要求见苏三公子。这一次是苏老爷亲自在书房见了她，想来可能也是夹缠不清，只说了几句话，老爷就怒气冲天地把女人赶走了，跟着又把全家叫到了一起，吩咐说，这女人要是再来，就

当看不见，不许任何人让她进来。

谁也没有想到的是，这个古古怪怪的女人却像是着了魔，每到冬天，就会带着那个青布包袱出现在苏家的门外，每一次都说是要见苏三公子。不让她进门，女人就站在门外等着，也不同人说话，一站就是一整天，总要到天全黑了才肯离开——年年如此，只是那样子，却一年比一年憔悴了。

苏妄言曾经躲在暗处偷看过几次。

女人一个人站在门外的时候，总是把那个青布包袱紧紧抱在怀里，有时候，会突然低头看着那包袱喃喃自语。那眼神，柔得像水，甜得像蜜，也说不清究竟是哪里不对，但不知为什么，总让人遍体生寒。

一来二去，苏妄言也隐约察觉到了其中像是有些不对劲的地方。

女人的进退举止并不像是无理取闹。但她说要见苏三公子，要找的又分明不是那个懵懂孩童的苏三公子，若不是有什么人胆大包天，假冒苏家之名蒙骗了她，难道说苏家当真还有第二个苏三公子？

被引动了好奇心的苏妄言，于是总想着要找个机会跟这姓凌的女人问个明白。可是碍着旁人耳目，也不敢过去搭话。

一直到了五年前的那个冬天。这一次，女人一来就在门外跪下了，也不说话，也不动弹，就那么直挺挺地跪在雪地里。守卫终于看得不忍心了，壮着胆子去请了苏老爷出来。看见苏老爷出来，女人先是扯了扯嘴角，像是想笑，却没能笑出来；又像是想说什么，却终于还是没说，一张脸上，全是凄凉。

苏妄言立在院墙下，远远看见女人在雪地上深深地磕了三个头，一抬头，两行眼泪就扑簌簌地滚了下来。苏大侠看着女人，也不知在想些什么，在门口站了足有一炷香的时间，突然叹了口气，回身进去了。女人见他转身走了，眼泪更是成串掉下来，伏在雪地上放声痛哭了一场，方才起身走了。

而从那以后，女人就再也没有来过洛阳苏家。

苏妄言深深吸了口气，微微一顿，道："我原以为，这辈子是不会再见到她的了，没想到一个月前，竟然又让我遇到了她！"

"怎么？今年她又去了苏家？"

苏妄言摇了摇头："我是在锦城见到她的。"

韦长歌奇道："锦城？你去那里干什么？"

苏妄言听了他的问题，却突然大笑起来，道："说起来又是一桩趣事了——仲秋的时候，我收到一张请帖，邀我去锦城梅园参加一件盛事。说是梅园主人准备在十一月初四举办一个赏花诗会，遍邀天下才子名士，要效仿当年的兰亭盛会，也为后世留一段'梅园雅集'的韵事。"

韦长歌忍不住笑道："什么赏花诗会，不过是几个文人墨客，聚在一起喝几杯老酒、发几句牢骚、作几首酸诗罢了，有什么意思？你倒还当真去了？"

苏妄言摇头道："我原本也是像你这么想的，但那张请帖却很有点意思。"

略一思索，琅琅诵道："'陈王宴平乐，季伦宴金谷。嵇阮结旧游，逸少集兰亭。是皆豪杰，而擅风流。流觞曲水，乃曩昔之雅韵；步月南楼，有当世之高士。地无所产，唯余一江碧水，园实偏僻，幸得三千寒梅。鄙者崇古，敢备薄酒以效先贤。闻君令名，雄才高义，抱玉东都，领袖中原。颇愿得聆高论，使我微言复闻于今朝。梅园主人，十一月初四，待君锦城梅园。'"

韦长歌听了，微笑颔首："果然有些意思。"

苏妄言道："更有意思的，是送出这请帖的人。"一顿，道，"你猜这位梅园主人是谁？"

韦长歌不由得好奇："谁？"

苏妄言一笑，淡淡道："君如玉。"

韦长歌一怔，反问道："君如玉？君子如玉君如玉？"

苏妄言肯定地点了点头。

韦长歌眼睛微微一亮，道："十年前，江南烟雨楼楼主君无隐北上中原，回到烟雨楼的时候，身边就多了个孩子，据说是在外面捡来的孤儿。那孩子自幼聪颖，极有天资，很得君无隐疼爱。君无隐膝下无子，便给那孩子取名如玉，收做义子。如今君楼主不问俗事，偌大的烟雨楼，就交给这君如玉了。见过这位如玉公子的人，都说此人真正是个温润如玉的君子，又号称是'天下第一聪明人'。有这等精彩人物做东，'梅园雅集'倒还真是不能不去了！"

苏妄言点头道："我平日里听人说起如玉公子种种传闻，也早就想见见这位'天下第一聪明人'了，只可惜君如玉向来深居简出，甚少离开烟雨楼，因此一直无缘得见。所以那时我原本打算不去的，但一看到请帖落款处的'君如玉'三个字，就立时改了主意。"

韦长歌往前探了探身，兴致勃勃地问道："结果呢？那赏花诗会怎么样？你见到君如玉了吗？如玉君子、如玉君子吗——果然如玉否？"

苏妄言叹道："我一到那里就后悔了。"

韦长歌一愣："怎么了？"

苏妄言又叹了口气，却学着韦长歌先前的语气道："不过是几个文人墨客，聚在一处，喝几杯老酒、发几句牢骚、作几首酸诗，自恃风流罢了。还能有什么？难为我听了一夜那些似通不通的宏言伟论，倒做了好几夜的噩梦。"

韦长歌怔了怔，道："有'天下第一聪明人'做东，何至于此？……那，君如玉呢？你在锦城见到他了吗？"

苏妄言冷笑道："见是见了，不过是'相见不如不见'。我看那君如玉，不过有些许小才，行事中规中矩罢了。'如玉'二字未免夸大，所谓'天下第一聪明人'，就更是无从说起。实在叫人失望得很。"

韦长歌闻言，面上隐隐有些惋惜之色，嗟道："盛名之下其实难副，却是自古皆然……对了，你说你在锦城遇到了那个姓凌的女人，又是怎么回事？"

"那是我从锦城回来的路上了。"

苏妄言想了想，缓缓说道："那日我出了锦城，不巧路上一座木桥坏了，只能绕路，偏偏天又黑得早，便错过了宿头。我本来要再往前赶一段路，找个人家借宿的，但那个晚上，月光十分皎洁，照着山路两旁，蔓草丛生，四野无人，很有些冬日山林的寂寥意趣，我索性就在山道旁找了个地方，生了堆篝火，准备露宿一晚。"

　　他说到这里，迟疑了一下，却不说下去，欲言又止地抬眼看向韦长歌。

　　韦长歌笑道："怎么不说了？"

　　苏妄言踌躇片刻，犹豫道："后面发生的事情，很是奇怪，连我自己都说不清，那究竟是真的，还是我在做梦……"

　　韦长歌知道他素来要强，怕他着恼，忙赔着笑道："你放心，不管你说什么，我都相信。"

　　苏妄言笑了笑，这才接着道："那天夜里，我快要睡着的时候，迷蒙间，听到不远处传来一阵窸窸窣窣的声音，接着便是一阵语声——那语声，很是奇怪，像是有人在说话，却又低沉含混，咿咿呀呀的，不似人声。"

　　苏妄言听到那声音，已经完全醒了，也不作声，只悄悄循声看去。

　　便见不远处，几棵古树中间，影影绰绰地有两个人影。隔着树丛，看不清面目，只能依稀分辨出其中一个身形窈窕，似乎是女子，另一个个子矮小，大约只有五六岁大小的孩童一般高度。

　　苏妄言听到的声音，便是那女子和那矮小人影说话的声音。

　　那两人交谈时，声音都放得极低，话声又短促，听不清在说些什么。只看到那女子站在树下，那矮个子，却像是一刻也闲不住似的，不住地在地上跳来跳去，还不时发出一两声急促的尖鸣。

　　便听那女子突然高声道："你急什么?! 时候还早着呢!"

　　矮个子跳到那女子面前，恶狠狠地道："来不及了! 来不及了!"

　　声音又尖又细，便如孩童一般，正是苏妄言刚才听到的声音。

那女子怒道："你急什么！三娘又不是外人，就是晚到一会儿，又有什么大不了的！"

矮个子被她一骂，高高跳起，也叫道："你懂什么！三娘过寿，大宴宾客，我和她这么多年交情，怎么能迟到！"

那女子辩道："反正顺路，等王家先生来了，大家一起过去不是正好？你要是着急，一个人先去就是了！"

正争论不休，就听远远有人说了句："有劳二位久等……"

但见树林深处，有个年轻人提了盏白色纱灯，朝这边来了。那年轻人一身绿衣，挺拔秀顾，虽看不见面目，但映着幽幽灯火，便只觉从容闲雅。一走近，便有一股清香弥漫在林中，清清淡淡，令人忘俗。

苏妄言只觉那香味分外熟悉，一时间，却又想不起来在哪里闻到过。

那女子笑着拍手道："王家先生，叫人好等！怎么来得这么晚？"

年轻人到了跟前，长长一揖："忘世姑娘，石兄，有劳二位久候，实在过意不去。只是今晚我家那位主人又想起了伤心事，我有点不放心，在窗下看了半天，所以来迟了。"

那女子轻轻叹了口气，道："其实难怪你家主人伤心，她也是当真可怜。先生学问好，怎么不想个办法帮帮她？"

那年轻人笑了笑，道："忘世姑娘不知道，我家主人这件事，除了洛阳的苏三公子，天下间是再没有第二个人能帮得上忙的了。"

听到这里，韦长歌忍不住轻轻地啊了一声。

苏妄言知道他想到了什么，苦笑道："当时我冷不防听到'苏三

公子'几个字，也很是吃了一惊。我第一个想到的，就是当年那个姓凌的女人——她来苏家的时候，说是要找'苏三公子'，而这位王家先生竟也提到洛阳的'苏三公子'！我暗暗吃惊，就只想着，莫非我们苏家当真还有第二个'苏三公子'吗？"

当时，苏妄言一惊之下，忙屏住了呼吸，小心翼翼地听那几人说话。

忘世姑娘才要搭话，一旁那矮个子已急急叫了起来，一面不住在地上蹦来蹦去，一面嚷嚷："来不及了！来不及了！快别说这些无聊事，赶紧走吧！"

年轻人忙笑道："都是我不好，来得迟了。对了，在下新近得了一本古棋谱，原打算今天送给石兄的，匆忙中忘记带出来。待改天在下专程送去石兄府上当是赔罪吧！"

那矮个子怪叫一声，大声道："在哪儿？棋谱在哪儿？"

那年轻人道："就放在家里。"

矮个子一把抓住了他手，喜道："你说要送我，可是真的？"

苏妄言隔得稍远，看不清那年轻人表情，只听见那矮小人影又尖又细的声音喜滋滋地叫道："既然如此，我们先去你家拿了棋谱，再去三娘家赴宴吧！"

那忘世姑娘轻笑了一声，打趣道："石兄这会儿倒又不怕赶不上三娘的寿宴了。"

矮小人影嘿嘿一笑，也不理会，拉着年轻人就要走。

年轻人犹疑道："既然如此，就请姑娘一个人先过去吧，省得三娘久候！请姑娘代我和石兄跟三娘赔个不是，就说我们回去取了东西立刻赶过去。"

那女子笑着允诺了。

年轻人却又道："只是我有好些日子没去三娘的住处了，怕不记得门。"

那女子笑道："这个容易，过了前面回眸亭，第一个岔路口往左，门口有三株柳树的就是了——石兄是去惯了的，先生和他一起，断断不会迷路。"

那姓石的矮个子在一旁已急得不住怪叫，闻言连连点头。

便见年轻人提着纱灯和姓石的矮个子一起往来时的方向去了，那女子待那二人走出一小段路，嘻嘻一笑，自己也转身走上旁边的小路，才一转过树丛，竟已无影无踪！

苏妄言从藏身处出来，呆站了半晌，竟不知道是梦是醒，只觉心头怦怦直跳。好一会儿才回过神，顺着那二人离开的方向追去。

只见前面十数丈外，一盏白色的纱灯透着点惨淡的橘色灯光，在山路上若隐若现，青白月光下，一个修长的人影宛如飘浮在夜色中一般，随着灯光移动。旁边一个极矮小的影子，一蹦一跳地向前挪动，看似十分笨拙，但比起那年轻人的脚步，竟丝毫没有落后。

那两人速度极快，苏妄言远远跟在后面，用出全力，方才勉强跟上了。

行了约摸有一刻光景，突然间，只见前面那一点灯光竟陡然灭了！

苏妄言一惊，忙疾奔过去。

但那白色纱灯也好，年轻人也好，竟都已消失得无影无踪！

——不过眨眼之间……

苏妄言打了个寒战，但觉山间的寒气一股一股从衣领灌进来。他漫无目的地往前走了几步，突地，一点光线猛地跳入眼帘——前面不远处的路边竟有一间小小的草舍，那光线，就是从屋子的窗口漏出来的！

苏妄言怔忪片刻，吸了口气，上去敲门。

便听屋内有个女子的声音柔柔道："夜深不便待客，客人请回吧。"声音竟无端有些耳熟。

苏妄言朗声道："洛阳苏妄言，前来借宿，请主人行个方便。"

屋里那人沉默许久，终于低声问道："是洛阳的苏大公子吗?"

随着话声，草舍的房门吱呀一响，慢悠悠地开了。

苏妄言只觉心头怦怦直跳，几乎就要叫出声来——站在门口的，竟赫然就是当年那姓凌的女人！

二·

凌霄

　　青布包袱里放着的，究竟是什么东西？

　　这个问题，十年来，苏妄言已经问过自己许多次，也想出了许多可能或不可能的答案。然而在包袱完全打开的瞬间，他却还是忍不住陡然发出了一声惊叫！

女人当门而立，淡淡一笑，轻声道："多年不见，大公子别来无恙否？"

苏妄言心潮起伏，面上却丝毫不露，也笑道："原来是夫人……许久不见，夫人一向可好？"

那女人又是沉默良久，凄然微笑："原来苏大公子还记得我。"

简简单单的一句话，像是在回答苏妄言，又像是在自言自语。语气虽淡，却像是有许多感慨、许多辗转、许多零落……都融在了这短短的一句话中，听在人耳里，便直似惊涛骇浪一般。

一时间，苏妄言竟也说不出话来，只默默打量着那女人。

算来不过五六年时间，女人已苍老了许多，当年一头秀发，如今也已夹杂着许多银丝。苏妄言想起第一次见到她时，丹唇皓齿，削肩素腰，便觉得心里有些酸楚。

好半天，苏妄言重又问了一遍："夫人一向还好吗？"

那女人笑了笑，却没答话，转身走在前面。

苏妄言跟在她身后进了门。

进了门，是一间不大的堂屋，家什陈设都甚是简陋，除此之外便只有一间内室，用青色的粗布帘子将堂屋隔开了。堂屋里四角都点着灯，照得屋内十分明亮。临窗一张小桌，几只竹凳。

那女人引他在桌前坐下了，两人都是好一会儿没有说话。

苏妄言四下里扫了一圈，笑道："在下从锦城出来，错过了宿头，本想要找个人家借宿一夜，没想到这么巧，竟遇到夫人！"

那女人轻叹了一声："我一个女人家，住在这郊野之地，有许多不便之处，所以方才没有给公子开门，还请苏大公子不要见怪。"

苏妄言心头一动，道："夫人一个人住？"

那女人点点头，看他神色，诧然道："怎么了？"

苏妄言道："没什么，刚才在路上看见有人走在前面，到这附近就不见了，还以为是住在附近的山民。"

看那女人神色却是全不知情，浅笑道："大约也是错过了宿头的行路人吧。这一带最是偏僻，方圆数里，除了我这里再没别的人家。别说人家了，就是过路人也难得见到。"

苏妄言随口应了，心下更是惊疑不定，不知方才那"王家先生"、"忘世姑娘"究竟是什么来历。一时间，只觉心里许多疑问，斟酌许久，只问："夫人要找的人，找到了吗？"

那女人惨笑道："我若找到了他，又何必躲在这里过这种暗无天日的日子？"

苏妄言想了想，道："有句话，我十年前就想要请教夫人了——要说苏家三公子，那就是我三弟了，但夫人要找的，显然不是他。不知夫人要找的苏三公子究竟是什么人？天下姓苏行三的人多不胜数，夫人要找的那一位会不会根本不是洛阳苏家的人？"

那女人断然道："我要找的人是洛阳苏三公子，绝不会错——天下姓苏行三的人虽多，但二十年前，敢称苏三公子的人，普天之下便只有一个。"

想起往事，她不由得露出点笑意，曼声吟道："缺月挂疏桐，漏断人初静。谁见幽人独往来，缥缈孤鸿影。惊起却回头，有恨无人省。拣尽寒枝不肯栖，寂寞沙洲冷。——当年拣尽寒枝的苏三公子是何等风采？那真真是芝兰玉树，天人临世一般！"

　　说到这里，女人轻叹了一声："才不过短短二十年，竟已连你们苏家的人都记不得了吗……"

　　语毕又是一叹，大有惋惜之意。

　　马车内，苏妄言向韦长歌道："我原本不知道她说的苏三公子是什么人，但当我听到'拣尽寒枝'四个字时，突然就想起一个人来。"

　　"什么人？"

　　"你还记不记得，我曾对你提起过苏家西院里住着的那位三叔？"

　　韦长歌一怔，旋即道："啊，你是说，那女人要找的，就是你那位三叔？！"

　　苏妄言微微一笑。

　　"你是怎么知道的？"

　　苏妄言摇了摇头："其实我也不知道。只是听她说到'拣尽寒枝'四个字，我第一个想到的，就是三叔。我虽然不知道她说的人究竟是谁，却只觉得，在我见过的这么许多人里面，除了他，只怕再没第二个人当得起这四个字了。"

　　"拣尽寒枝不肯栖，寂寞沙洲冷——"韦长歌轻轻叩着几案，把这一句词反复念了几遍，忍不住叹道，"拣尽寒枝！拣尽寒枝！虽未谋面，但只这四个字，已叫人神往！要是有机会，倒真想见见你这位三叔！"

　　苏妄言只是淡淡一笑。

　　韦长歌才一顿，却又咦了一声，道："听她这种说法，这位苏三

公子当年想必大大有名，可为什么竟从未听说过江湖中曾有这么一位精彩人物？"

苏妄言摇头道："我不知道……"

韦长歌轻轻应了一声，便直催促道："后来呢？"

"后来？我想到三叔，一下子明白过来。"

苏妄言一笑，又继续讲下去。

苏妄言听了那女人的话，想到住在西院的三叔，神色不免有些异常。

那女人看他神色，脸上露出惊喜之色，连声追问："你知道了？你知道他在哪里？你是不是能帮我找到他？"

"……夫人找他做什么？"

女人霍然起身，在屋里来来回回走了几步，张嘴像是想说什么，却打住了，又来回疾走几步，终于抬起头，下定了决心似的，转身看向苏妄言。

他一进门就已注意到，那女人怀里抱着一样东西，依稀便是当年那个青布包袱，此刻，那女人一脸肃然，把那个青布包袱小心放在了桌上，深深吸了口气，这才一层一层，慢慢打开了。

她每揭开一层，呼吸就急促一分，苏妄言便觉自己的心跳，也加快了一分。

青布包袱里放着的，究竟是什么东西？

这个问题，十年来，苏妄言已经问过自己许多次，也想出了许多可能或不可能的答案。然而在包袱完全打开的瞬间，他却还是忍

不住陡然发出了一声惊叫！霎时间，他脑子里轰的一声巨响，好半天，只是死死盯着那样东西，动弹不得——

青布包袱里放着的，竟赫然是一颗人头！

那是一个男子的人头，样貌端正，三十上下年纪，双目微睁，嘴角微微带笑，面目鲜活，神情宛如活人一样。

而人头下方的切口，甚至还能清楚地看到鲜红的血痕。

那颈边的血痕触目惊心，让人有种几乎还带着温度的错觉。就像是还没有凝结的鲜血随时会从男子的头颅中喷涌而出，转眼就会淌满一地！

苏妄言肩头一震，半响才恍然回神，好不容易才找回了自己的声音，却只能喃喃唤了声："夫人……"

那女人轻声道："苏大公子，这是先夫。"

说完了，柔柔一笑，伸手把那颗人头抱到怀里，轻轻摩挲着。

她的动作轻柔之极，眉梢眼底，满满的都是爱怜之意——那眼神，就和当年站在苏家门外抱着那包袱时的眼神一模一样！

苏妄言却只觉寒意刺骨，一种叫人战栗的、无法名状的不适感顺着脊背一寸寸蜿蜒蛇行，就像是那人头上的鲜血正顺着他的背部一滴一滴地慢慢流淌下来……

女人柔声道："二十年了……这二十年来，我每天把他带在身边，一刻也不离开……我跟他说话，为他洗脸，给他梳头……我这样对他，苏公子，你说，他在地下会知道吗？"

苏妄言动了动嘴唇，艰难地开口道："二……二十年……夫人是说……"

那女人幽幽叹了口气："先夫过世，已经整整二十年了。"

苏妄言打了个寒战，好半天，方才极勉强压抑着心底寒意，强笑了笑："夫人说笑了，人死魂散，何况要是过了二十年，尸首哪还有不腐坏的道理？"

"人死魂散、人死魂散……"那女人突地放声大笑，嘶声道，"也许是他的冤屈太大，心里太苦，所以魂魄不散，要等着看我替他报这血海深仇！"

一句话说得咬牙切齿，声嘶力竭，一字一字都满带着怨毒之意！

苏妄言小心问道："夫人的仇人……是苏三公子？"

那女人听到"苏三公子"四个字，脸色一正，连连摇头："苏三公子是我的大恩人，更是他的大恩人。我本来……我本来是没脸去见他了，可若没有苏三公子帮忙，我这件事，又断断无法办成……"

她顿了顿，来回抚摩着那颗人头的嘴唇，痴痴道："我名叫凌霄，本是个苦命的人。我母亲过世得早，父亲又无情无义，一年三百六十五日，难得有一时半刻的开心……好不容易认识了他；一心只盼着能和他在一起过几天神仙眷侣的生活……谁知他却被奸人所害，身首异处……我……我……"

她连说了两个"我"字，却再也说不下去，只是哽咽着抱紧了男子的人头。

苏妄言略一思索，道："夫人找苏三公子，是要请他帮你报仇？"

凌霄抬头看了看苏妄言，摇了摇头，怅然道："我找苏三公子，是为了求他去替我求一个人。"

苏妄言疑惑道:"求人?夫人要求什么人?为什么不自己去求他?你找了苏三公子十年,若是用这十年去找别人帮忙,到如今说不定大仇早就报了。"

凌霄苦笑道:"天下能人异士虽多,能帮我的人,却只有一个。偏偏这个人最是铁石心肠!这些年,我什么法子都用尽了,百般央求,却连见他一面都办不到。唉,除非苏三公子出面求他,否则那人是绝不会帮我的。"

说到这里,凌霄又忍不住黯然,喃喃道:"如今说这些也没用了,二十年,我既报不了仇,也找不到苏三公子,这件事,只怕是永无了结之日了……"

苏妄言听她语意凄苦,满面哀戚之色,也不由得替她难过。但一低头,目光便落在那颗宛似带血的人头上,不免又是一阵心惊肉跳。思索了片刻,斟酌着道:"夫人有没有想过,就算让你找到苏三公子,他也未必就肯帮你去求那位高人。"

凌霄神情落寞,凄然一笑:"大公子说的这些我何尝没有想过?只是现在我连苏三公子身在何处都不知道,连开口求他的机会也没有,又哪还谈得上以后的事?再说,我和苏三公子有旧交,二十年前有件天大的事,就是他帮我办成的。只要能让我见到他,事情说出来,苏三公子也未必不肯再帮我一次——至于事情成不成……只好看天意了!"

苏妄言轻轻点头,缓缓问:"夫人,我若见到苏三公子,该怎么跟他提起你?"

凌霄眼睛一亮，一言不发，起身快步走进里屋。过了片刻，拿着一幅卷轴走出来，一脸都是期盼之色——转眼之间，竟像是年轻了十岁，又回到了第一次站在苏家门口的模样。

她将卷轴双手递到苏妄言面前，连声音都在止不住地发颤："苏大公子若是见到他，就请把这幅画交给他，就说是故人凌霄送去的，他自会明白。"

"那画上画的是什么？"

韦长歌从茶壶里倒了杯茶，饶有兴致地问。

"是一幅《刑天舞干戚图》。"

苏妄言劈手把他手里的茶杯抢了过来，一饮而尽，跟着才笑眯眯地回道。

韦长歌也不生气，又倒了一杯递给他。问："刑天？"

苏妄言接过了茶，点了点头，继而露出点迷惑的神色，道："那《刑天图》上还题着一句诗——'嫦娥应悔偷灵药，碧海青天夜夜心。'"

韦长歌一怔，微一皱眉，道："刑天断首而舞，嫦娥窃药奔月，这风马牛不相及的两个传说，怎么扯到一起来了？"又把那句诗喃喃念了两遍，摇摇头，道，"真奇怪，凌霄在画上题这么一句诗，是什么意思？你有没有问过她？"

苏妄言道："我答应了凌霄，一定会亲手把画交到苏三公子手上，所以我看到那画的时候，人已经到了洛阳，就是想问也无从问起了……"

默然片刻，他轻声道："那天我走出很远之后，一回头，她却还在门口望着我——我虽然答应她事情一有眉目就会立刻通知她，她却还是不放心……那天早上，天那么冷，她一个人，孤零零站在山路上，我虽然不知道她心里有什么事，却也忍不住替她难过……"

"她说的苏三公子，真就是你那位三叔吗？"

"我回家后，找了个机会把这件事告诉了三叔。我从十年前那女人第一次来苏家说起，一直说到这次在锦城遇到她的经过。三叔便叫我把画打开，告诉他画上画了什么——我就是到这个时候才看到那幅《刑天图》和那首诗的——三叔那时的表情，像是明白了什么，我便问他：'三叔，凌夫人叫我送来这幅画和这首诗，不知是什么意思？'三叔没有回答，却反问我，生、老、病、死、爱别离、怨憎恶、求不得、五阴盛，这人生八苦里最苦的是什么？我一时也不知道该怎么回答，只说：'每个人一出娘胎，便时时都在八苦中，这种种苦楚，便没有一样不叫人煎熬难受的。若非要说出一个最苦的，大约应该算是求不得吧？'"

韦长歌淡淡一笑，接口道："求不得虽苦，但有时候，求得了，也未必就是什么幸事。"

苏妄言瞧他一眼，笑道："你这话的语气倒跟三叔差不多——那天我这么回答了，三叔也是笑了笑，说：'是呀，这世上的人，辗转奔波，大半都在为求不得而苦，却不知道，有时候求得了，又是另一种苦境了。'

"我等了又等，他却不再说话，我忍不住，只好问他：'凌霄说天下只有那一个人能帮她，她说的，究竟是什么人？'三叔听了，突然收敛了笑意，像是被勾起了什么心事似的，好半天，只是呆呆地望着天上的明月出神……"

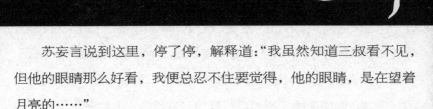
苏妄言说到这里，停了停，解释道："我虽然知道三叔看不见，但他的眼睛那么好看，我便总忍不住要觉得，他的眼睛，是在望着月亮的……"

"我正看着他的眼睛，他却突然问我：'今天是满月，月亮好看吗？'我吓了一跳，忙说：'好看极了。'三叔就笑了笑，道：'清风明月遥相思——大抵古往今来，明月最是相思之物吧？不过这世上却有一个人，比天上的明月还要好看，还要叫人相思……'我不知道他为什么突然说起这个，正愣了愣，便听他道，'她的名字，便也叫相思。'"

韦长歌啊了一声："我知道了——"

苏妄言望着他一笑。

两人异口同声地说出了三个字："月相思！"

语毕相视大笑。

苏妄言道："月相思是滇北一幻境的主人，江湖中都说她通晓各种奇门异术，能沟通幽冥，乃是天下第一的奇女子。甚至有人说，她有起死回生之能！据说当年的月相思并不像如今这样冷情冷面，只是后来不知道为了什么原因，厌世避俗，这才隐居在一幻境里，不问世事。

"我当时听三叔说到这里，也应声道：'啊，我知道了！凌霄要找的人是月相思！'三叔虽然笑了笑，只是那笑意却是无限寂寥……他说道：'凌霄说得没错，天下唯一能帮她的，就只有月相思了。'我看了看他的脸色，犹豫了许久，才小声问他：'三叔，凌夫人所说拣尽寒枝的苏三公子，是你吗？'他听了我的话，只淡淡笑了笑，说：'是不是又有什么关系？反正如今世上是早没有苏意这个人了。'"

苏妄言道："我正不知道该说些什么好，三叔却回头转向我，问道：'妄言，你想帮她，是不是？'我说：'这位凌夫人看来也是个伤心人……'他应了一声，低头凝思了许久，道：'相思的脾气，最是烈性，这些年来，她离群索居，大约还是为了当年的事过不去。如今就算是苏意亲自到了一幻境，也不知道她见是不见呢……'我又问：'那凌霄这件事该怎么办好？'他想了想，忽然自言自语地说：'剑阁第三层有一把断剑，原该是二尺七寸，却断在了一尺二寸的地方，剑脊上，刻着秋水两个字，那就是当年苏三公子所佩的秋水剑，要是拿着秋水去找月相思，也许会有几分机会。'说到这里，又叹了口气，'只可惜剑阁重地，不得擅闯。你以后若是在剑阁见到了，觉得有趣，也不妨多看几眼。'"

韦长歌笑道："你三叔这么说，岂不是摆明了叫你去剑阁偷剑吗？"

苏妄言莞尔一笑，低头看了看膝上放着的秋水剑，道："三叔知道我想帮凌霄，所以才故意这么说的。他是要我把秋水交给凌霄，他虽然不能亲自帮她，但只要有这把剑作为信物，凌霄也就能求得月相思相助了——说起来，从小到大，不管我想要什么、做什么，只要三叔知道了，没有不帮着我达成心愿的！三叔对我，当真是很好很好的……"

韦长歌略一点头，想起锦城外那几个人，道："不知道那晚你在锦城外看到的那几人究竟是什么来历？"

苏妄言迟疑道："那几人举止言语都很有点古怪，听他们彼此称

呼，叫做什么'忘世姑娘'、'王家先生'一类，不是寻常人的称呼。我总觉得，那几人……似乎不像是人，倒有点儿像是妖魅精怪一类的东西。"

韦长歌不由得笑道："哦？"

苏妄言看他一眼，道："那天晚上，那个年轻人一进林子，便有一种香气。我当时只觉得那种香气熟得很，却一时想不起来究竟是什么香气。可是后来，在凌霄那里，我又闻到了那种香气。"

"哦？是什么香气？"

"竹香。"

"竹香？"韦长歌挑眉道，"你的意思是……"

"我和凌霄说话的时候，曾留意到窗下种了一丛竹子。"苏妄言一顿，难得地犹豫了一下，这才接着道，"那女子叫这年轻人'王家先生'……"

韦长歌定定看他半晌，沉吟道："《晋书》记载，王徽之生平爱竹，尝寄居空室中，便令种竹，或问其故，徽之但啸咏指竹，曰，何可一日无此君。——你是想说，所谓'王家先生'便是'此君'？"

苏妄言只是看着他，却不回答。

韦长歌想了想，道："那，那个'忘世姑娘'又是什么？"

苏妄言反问道："一杯忘世，七碗生风，你说是什么？"

韦长歌低头看了看桌上，苦笑道："你可别告诉我，那'忘世姑娘'是一杯茶。"

苏妄言竟真的点了点头。

韦长歌一愣，一时竟忘记了说话。

便听苏妄言认认真真地道："即便不是茶，大约也是茶杯、茶碗、茶壶、茶树一类的东西。"

韦长歌听他说到这里，终于忍不住大笑起来："王家先生、忘世姑娘，一个是竹，一个是茶，真真是绝配！"

苏妄言脸色一沉，大声道："有什么好笑的？人有精魄，物有精魂，自古以来，多的是木石死物幻化成怪的例子，有什么好奇怪的？"

韦长歌也不在意，依旧笑道："只是一杯茶也能成怪，未免太无稽了些。这么说来，那个喜欢下棋的石兄，难不成是一块石头棋盘吗？"

苏妄言冷笑一声，也不说话，神情很是不屑。

韦长歌心念一动，轻轻啊了一声，道："你找到他们说的那个三娘了？"

苏妄言只是不应。

韦长歌偷偷瞄他一眼，自言自语地道："没有吗？这可奇怪了！地方人家都已经说得明明白白了，却不去查个清楚，实在不像苏大公子的为人啊！"

苏妄言忍俊不禁，破颜一笑。

韦长歌跟着笑道："好了好了，快告诉我吧！那个三娘，到底是什么人？"

苏妄言收了笑，正色道："死人。"

韦长歌微怔。

苏妄言道："那天我从凌霄那里出来就准备赶回洛阳，但事情实

在太过离奇，倒像是夏天午睡做了一场梦似的，一觉醒来，分不清真假。我想来想去，一时觉得那是真的，一时又疑心是在做梦，百思不得其解，所以便又折了回去。

"我在附近找了一圈，果然就如凌霄所言，方圆数里再没有别的人家。再在附近打听，也没人见过类似那三人模样的人。我找不到那几人，便只好另想法子。好在我还记得那晚，那位王家先生说自己记不得路，忘世姑娘就回答他，三娘家在过了回眸亭的第一个岔路口往左，门前有三株柳树。这回眸亭倒是真有的，于是我便照着她说的地方，找上门去。"

苏妄言一顿，淡淡道："那地方，是一片乱葬岗。有一座孤坟，前面种了三株柳树，主人是一个叫朱三娘的妓女。"

韦长歌不禁张了张嘴，却没说话，半晌轻轻叩着桌面，皱眉道："我总觉得有些不对……会不会是有人故意假扮妖魅，设下圈套，要引你上钩？"

苏妄言颔首道："一开始，我也有些怀疑，事情太巧，总觉得心里不踏实。但后来的发展，又实在不像是这么回事。"

他一边回想，一边缓缓道："我到那地方的时候，只看到一片无人看顾的荒坟。找了好半天，才在坡底找到三株柳树。那旁边果然有一个坟头，看得出已有些年头了，坟山已经塌陷了一半，坟上覆满野草，似乎许久无人祭祀。但坟上既无墓碑，也无标志，看不出是什么人的坟墓。

"我在锦城四处打听，都说那地方叫阎王坡，埋的都是些贫困潦倒、客死他乡的过路人，要不，就是乞丐、妓女之流。但每每问

到那三株柳树下埋的是什么人，就没人说得上来了。我料想再问也问不出结果了，就准备在锦城再住一夜，第二天一早回洛阳去。

"没想到，我在酒楼里，竟又碰到在赏花诗会见过的那些'才子名士'，还拉我一起喝酒。席上众人天南海北地一通胡吹，渐渐地，就说起各人的风流韵事。其中有一个人，感慨万千地说起三十年前在锦城的一段际遇，说是当年他在幕府充任幕僚，其间和一个妓女交好，两人有许多花前月下的约誓。后来他上京谋职，不得已抛下了对方，三年后回来，佳人却已香消玉殒。"

苏妄言说到这里，放慢了语速，道："那人说，他没料到一别之后竟成永诀，伤心之余，便在对方坟前种下三株柳树，以寄哀思。"

韦长歌挑了挑眉，没有说话。

苏妄言道："我听到这里，想到三娘坟前的三株柳树，便随口问他那女子是不是葬在阎王坡。那人却反问我：'阎王坡是什么地方？我只知道那是城外一个乱葬岗，叫回眸亭。'——阎王坡这名字是这些年才取的，以前那地方便只叫回眸亭，他多年没有来过锦城，所以不知道回眸亭已经改名叫了阎王坡。我于是立刻问他那女子叫什么名字，他虽然有点奇怪，却还是回答我，那女子名叫朱依依，旁人都叫她朱三娘！"

"一面之词，不足为凭。你可查过了？"

苏妄言眼中掠过惋惜之色："我查过了，三十年前，锦城教坊的的确确曾经有过一个朱三娘子。朱三娘子名叫依依，曾是锦城红极一时的歌妓。这朱依依爱上了一个读书人，在最当红的时候闭门谢客，拿出所有积蓄让那人上京求官。对方得了官职之后，却寄回来一封绝交信，朱依依贫病交集，一气之下，没多久就死了。她所有积蓄都给了对方，死后甚至置办不起一副棺木。几个平日姐妹念着旧情，凑钱给她请了个道士，一领破席，草草葬在了城外的阎王坡。

"我还找到一位老琴师，乃是朱依依的旧识。据他所说，朱依依死后三年，那读书人犯事被罢了官，又回到锦城。朱三娘子生前豪爽好客，颇有些侠义之名，有二十多个受过她恩惠的市井少年决心为她报仇，把那读书人绑到了三娘坟前，要杀了祭坟。那个读书人吓得屁滚尿流，在朱依依坟头号哭了一天，又是作诗，又是写祭文的，还种下三株柳树，发誓永不再娶，这才被放了回去。那琴师说，他后来去祭拜过几次朱依依，那三株柳树后来都长成了，远远就能看见。"

苏妄言一口气说完了，望向韦长歌。

韦长歌哑然，片刻方道："一个说的是薄命红颜多情公子，一个说的是痴心女子遇人不淑——谁能想到，这两个故事说的竟然是同一件事？"

"仗义每多屠狗辈，负心多是读书人。"苏妄言冷冷一笑，"这故事在那'名士'说来自是全然不同了。我原本疑心这一切都是凌霄设下的局，可那天我若不是一时兴起折回锦城，岂不是遇不到那'名士'？那她的安排岂不是就落了空？"

韦长歌只是一笑，抬首道："也罢，六合之外，存而不论。就算当真有什么妖魅精怪，也和咱们没什么关系！"笑了笑，又道，"我只是不明白，那幅《刑天图》上题着一句'嫦娥应悔偷灵药'，是什么意思？"

苏妄言微微颔首，旋即叹道："我在想，不知道凌霄究竟有什么冤屈，为什么普天之下就只有月相思能帮她？还有那颗人头，到底怎么回事？"

想起当时的情景，苏妄言心头不由得微微一震，只觉那时候感到的那种凉意又悄无声息地爬上心头，不禁伸手拿起杯子，抿了口茶。

韦长歌双手抱胸，沉吟道："这个凌霄，有些古怪。"

他做了个手势止住欲发话的苏妄言，接着道："从头到尾，她只说有血海深仇，痛缠肌骨，却不肯说出究竟是什么冤、什么仇。她丈夫要是被人所害，杀了仇人报仇就是，江湖中多的是拿人钱财与人消灾的人，也多的是为人打抱不平的侠客，为什么非得求那月相思不可？"

韦长歌加重了语气道："还有那颗人头——闽浙一带确有香料秘方可以防腐，湘南也一直有赶尸一说。但赶尸只限在湘境之内，一趟下来，行程再长也不过一两个月，至于那些香料也好、秘方也好，亦不过能在完全密闭的情况下维持尸身三年五载不坏。但若是凌霄没有说谎，她丈夫已经去世二十年了！一个二十年前就死了的人，至今头颅还栩栩如生，实在叫人匪夷所思！这般诡异，她却只说是'冤屈太甚，精魂不散'——有意敷衍，必是有不可告人之处。"

喝了口茶，韦长歌斩钉截铁地道："我总觉得，这个凌夫人一定有问题。"

苏妄言呆了一呆，道："你说得虽然不错，但每个人心里都有秘

密，都有些不愿意说出来的事，她也许是不愿意说，也许，是真的不能说。"

韦长歌不与他争辩，笑了笑道："不管怎么样，咱们到了锦城，把秋水剑交到凌霄手上，这事就算完了。嗯，咱们现在回不了洛阳，也不能回天下堡，干脆，找个地方过了冬天再回去吧！天气暖和的时候，人总是容易说话些，说不定，你爹罚你在祖宗面前跪个三天就没事了！"

苏妄言怔了怔，低下头淡淡一笑，靠着车壁，懒洋洋地闭上了眼睛。

外面，被积雪压弯了的枯枝老树被渐渐抛在身后，清脆的甩鞭声里，马车正朝着冬天的锦城疾驰。

"……韦长歌。"

"什么？"

"你若是见过她伤心的样子，一定也……"

不知过了多久，苏妄言带着叹息的话语喃喃响起，又消失在几不可闻的叹息声中。

三.

鬼镇

　　前面雪地里，隐约可见一个青衫男子正大步走在雪地上，身材高大，手提一把长刀，阔背薄刃，映着雪色泛起一线寒光。再往上看去，那男子肩部以上竟是空空荡荡，原本应该长在那里的东西，竟是不翼而飞！

"韦长歌，我是不是在做梦？"

苏妄言望着眼前的景象，喃喃发问。

韦长歌苦笑起来——这个冬天，他原想找个安静的所在，和苏妄言就着火炉慢慢地喝上一杯酒，不过现在看起来，似乎是不可能了。

"会不会是你记错了地方？"

苏妄言眉头微蹙，想了半天，肯定地道："一定不会错。那晚，我就是在前面那个拐角处看到灯光的，我走到这里，敲了门，跟着凌霄就走出来……我记得很清楚，那窗下还种了一丛竹子——那草舍就在这里，绝对不会错。"

韦长歌叹了口气："可是现在，我只看到这里既没有什么草舍，也没有什么竹丛。"

——没有草舍，没有竹丛。

眼前是一块荒芜的草坡，斜斜地往下延伸，连接着道路和坡后不远处的一座小山。草坡上，枯萎的灌木、不知名的野草杂乱地纠缠在一起，那势头，像是已经疯长了三十年。有好一会儿，两个人都没说话，只是呆呆看着眼前的荒地。

苏妄言突地道："会不会是有什么人把那草舍拆走了？"

"那会是什么人？为什么要拆走草舍？"

苏妄言叹了口气："我不知道。"

他走到草坡中央，俯身撮起一把泥土看了看，自言自语地道："怪了，不是新土……这些草不是新种上的……难道这里一直就是片荒草坡？可那天晚上，这里明明是间屋子啊。"

苏妄言怔怔看着眼前，许久，回身望着韦长歌："韦长歌，我是不是在做梦？"

韦长歌依然只好苦笑："我只知道既然这些草木不是新种的，那么一个月前，这里就绝不可能是间屋子。"

苏妄言看了他半天，忍不住又叹了口气。

到了锦城天下堡的分舵，韦长歌第一件事就是派人去城外那条路上找一间草舍，又派人在锦城附近打探凌霄的下落。到他安排好一切回来，苏妄言还是一动不动地坐在暖阁里，紧抿着嘴唇，若有所思的样子。

见他走进来，叹了口气，苏妄言轻声道："我还是想不明白。"

韦长歌坐到他旁边："也许是夜里太暗，你没记准地方。我已经让韦敬带人去附近查探了，只要当真有过这么一间草舍，就是掘地三尺，天下堡也能把它找出来。"

苏妄言摇头道："我想不通的就是这个。我敢肯定，那天晚上，我是真的见了那间草舍，还进去过。但那间草舍现下却不见了。好端端的一间草舍，总不可能凭空消失，唯一的可能，就是有人把草舍拆走了，或是烧掉了。"

"如果是这样，那是什么人，为什么这么做？"

"这是其一。其二，那屋子不见了，却多出来一块荒草坡，这是怎么回事？我仔细查看过，地上没有火烧后的灰烬，土也没有被翻过，那些杂草，也不是新近种下的。也就是说，那块地，的的确确原本就是一片荒草坡，甚至根本不可能有过一间草舍。但如果是这样，我看到的草舍，又究竟是从哪儿来的？"

韦长歌沉吟许久，道："我听说沙漠上的客商，常会看到海市蜃楼。亭台楼阁、雕梁画栋，一切都近在眼前清晰可辨，但不管怎么走，却永远都到不了那个地方。"

"你是说，我看到的也是幻象？"苏妄言横眉瞪他一眼，道，"我和凌霄说了一宿话，难不成也是我的幻觉？要真是幻觉，那幅《刑天图》又是怎么到我手上的？"

韦长歌忙赔笑道："我只是想到这里，随口说说罢了。"

"可如果不是幻觉，那草舍怎么会变成了荒草坡？"苏妄言凝想了许久，却又叹了口气，忧心忡忡地道，"不知道凌夫人现在身在何处……会不会是她那仇家找上门来，要对她不利？她是自己离开的，还是被人带走了？"

韦长歌苦笑道："我猜多半也是仇家所为，否则总不会真有什么妖魔鬼怪，把不知什么地方的荒草坡搬到了……"

说到这里，他眼睛一亮，陡然停住了，扬声叫道："来人！"

门外立刻走进来一个年轻守卫，行了礼，恭恭敬敬地道："堡主有什么吩咐？"

韦长歌兴奋地站起来，来回走了几步，道："去城外告诉韦敬，叫他找住在附近的人问清楚，那个地方之前究竟是做什么用的。"

那守卫应了一声，匆匆下去了。

却听啪啪两声，苏妄言拍掌笑道："好法子！我怎么没有想到！那附近虽然偏僻，但总有路过的人，见过那屋子！"

韦长歌笑道："不错。如果那里以前真的是草舍，我大概也知道，对方是怎么把它变成荒草坡的了。"

苏妄言奇道:"哦?"

韦长歌微微一笑,清了清嗓子,这才慢慢地道:"天下堡有一片牡丹圃。"

苏妄言微微侧了侧头,听他说下去。

"那片牡丹圃,是我家老爷子的心肝宝贝。我小时候,曾有一次顽皮,把那些牡丹踩得乱七八糟。娘怕我受罚,赶紧让花匠把别处同种同色的牡丹移植到花圃里去。要移栽牡丹就得要翻土,可土色一新,又瞒不过老爷子了。"韦长歌一顿,接着道,"于是我娘便让花匠把圃里的土平平整整地削去一层,再把别处的牡丹连着土层一片一片平平整整地割下来,铺到圃里。才不过一个时辰,那片牡丹看起来就跟先前一模一样了!连一丁点儿新土的痕迹都没露出来!"

苏妄言露出恍然的神色,轻声道:"啊,我明白了!你是怀疑,有人用这法子把别处的草皮割了来,铺到那地方,掩去了先前草舍留下来的痕迹!"

韦长歌只笑不语。

苏妄言想了想,自言自语道:"嗯,当是如此——只是不知道是什么人,为什么要这么做。"

韦长歌道:"倘若真是用的这法子,那些草必然就是从附近的某个地方割来的。而要运送、移栽这么大一块草坡,所需的时间和人手必然也不少。我们多派些人出去,两三天内,不信会找不到线索。"

苏妄言笑着点头,心里一轻,便又有了玩笑的心思,拉拉韦长歌，问："那些牡丹呢？老堡主后来发现了吗？"

韦长歌假意叹道："老爷子本来没看出什么不对，只是我鞋底踩到花泥，不小心沾上了花瓣，走路的时候被老爷子看到了。结果他一问，我就老老实实地全招了，少不得又被狠狠教训了一顿。"

两人一起大笑起来。

用过午饭，一盘棋才下到一半，便听门外一声轻咳，韦敬放轻了脚步走进来。

苏妄言放下手里的黑棋，急急问道："找到了吗？"

韦敬答道："回苏大公子，派出去的兄弟四处打听了，没人知道凌霄是什么人。属下又带人按苏公子的形容找遍了那附近方圆二十里，都找不到那样的草舍。属下问过附近村子里的人家，都说是那一带十分偏僻，别说居住了，平时就连行人都很少，也没听说过有什么草舍。"

韦长歌原以为那地方本是草舍，是被人拆走后换植了草坡，听到这里，不由得便是一愣。苏妄言也是一脸讶异。

韦敬道："属下想，大公子既然见过那草舍，那么就算找不到草舍也应该能找到点蛛丝马迹来，因此在那一带四处查访，结果找到一个牧童。那牧童说，那附近到了夏天一遇上暴雨天气，山体就容易滑坡，故而一向无人居住，就连行人都少有从那里经过的。只有他因为家贫，那一片又是无主的草地，所以常去放牛，但从来也没见过有什么草舍。

"属下便问他，最近那附近有没有什么怪事？那牧童想了许久，说是没什么怪事，只是上个月月初有两天，附近有座木桥坏了，去那地方得绕远路，因此那几日就没去那草坡放牛。他还记得桥坏的那天是十一月初四——正巧就是苏公子路过那草坡的前一天！"

苏妄言喜道："不错，那天就是因为桥坏了，我才耽误了行程，要露宿荒野。后来我再从锦城回去洛阳的时候，桥已经修好了，于是就没再从那里经过。"

韦长歌轻叩桌面，道："要在两天之内造出一间草舍再拆掉，其实不难。只是一旦动过土，必然会留下线索，而那些杂草灌木也绝不可能在短短一个月内长到现在这模样。"

韦敬等二人说完了，才接着道："还有一件事。属下去了阎王坡，但找遍了整个阎王坡，也没有找到那个前面种了三棵柳树的旧坟……"

苏妄言失声道："没有?!"

韦敬忙道："不过派去教坊的人回来说，朱三娘子倒是确有其人！那三棵柳树的事，也是真有的！

"我心想，既然朱三娘子的坟和三棵柳树都是有的，那之所以在阎王坡找不到那三棵柳树，定是有人动了什么手脚——那三棵柳树，要么是被人移走了，要么是被人砍了，想必就是为了不让人以此为标记找到朱三娘子的坟头。于是我又带人去了一趟阎王坡。"

苏妄言急急问道："找到了吗?"

"找到了。"韦敬笑了笑，道，"有个兄弟发现有一座旧坟旁竟有三座新坟，那三座新坟看来刚修了没几天，奇怪的是，坟前既没有祭品，也没有纸钱。我叫人挖开了一座，里面竟然是一截树桩。其余两座新坟，挖开之后，也各埋了一截树桩——属下猜想，大约是

对方虽然砍了柳树，但仓促之间树根不易挖掘，只好就地堆了三座新坟用来掩饰。"

苏妄言闻言，眼睛一亮，随即又蹙起眉头。他揉了揉额头，半晌，疲惫地叹了口气："先是半夜三更的，遇到几个不知是人是鬼的东西要去给死人拜寿；跟着在草舍见到多少年不见的凌霄，叫我带了幅莫名其妙的画给三叔；等我把三叔的信物给她带来了，她却又连人带屋子消失得干干净净！还有什么王家先生、忘世姑娘……现下，就连朱三娘坟前的柳树，都不知为了什么、被什么人砍断了……"停了停，忍不住又道，"我莫不是当真在做梦吧？"

韦长歌笑道："你若是在做梦，那我岂不是在你梦里？等你哪天梦醒了，一睁眼，呀，什么天下堡、什么韦长歌，统统都没了……那我可怎么办？"

苏妄言不由得失笑，旋即又敛了笑意，叹道："可这件事，也实在古怪得过头！韦长歌，你说那三棵柳树，会有什么问题？"

"就算它们本来有什么问题，现在也已经看不出任何问题了。"韦长歌叹了口气，"照我的意思，这件事咱们本来就不用管。既然找不到凌霄，那就算了吧。"

韦长歌说到这里，想到了什么似的，眯着眼笑道："锦城这地方也不错，咱们不如在这里过个暖冬，春天的时候，再回洛阳去，如何？"

苏妄言看他一眼，默然片刻，却突地冷笑道："我猜，他们移走草舍、砍断柳树，无非是不愿我管这件闲事。这件事的确和我没什么关系；只是，人家越是不想让我知道的，我就越是要弄个

明白。"

韦长歌一怔，喃喃叹道："我就知道，你这性子，怕是一辈子都改不掉了……"

苏妄言看着他眨了眨眼，甚是无辜："韦堡主若要留在这里过冬，大可自便。"

韦长歌定定看他半晌，忽地伸了个懒腰，大笑起来："罢了，罢了！我原是你梦里的人，就怕苏大公子一生气，不肯做梦，睁眼醒了，那我可真成了'过眼云烟'了。不管苏大公子想做什么，韦长歌奉陪就是了！"

苏妄言听了，竟然完全没有半点感动之意，反倒用手掩了口，懒洋洋地打了个哈欠，俊俏的脸孔上明明白白写着"无趣"两个字。

韦长歌又是不解又是尴尬，一时连手脚都没了放处。

却听见对面苏妄言嘀嘀咕咕地埋怨着："说了那么多，末了还不是要跟我一块儿去查？每次都来这一套，未免也太没意思了……"说完，斜眼望着韦长歌，长长叹了口气，样子倒像是十分不满意。

韦长歌哑口无言。

两人大眼瞪小眼，好一会儿，都没出声。

终于听得韦敬问了句："堡主，那我们接下来该怎么办？"

韦长歌如释重负，忙道："对方做了那么多手脚，锦城这边是查不出什么端倪了，我看，咱们不如直接去滇北求见月相思，看看能不能从她那里知道凌霄的来历。"

"好——不过，我去滇北，是因为我答应过凌夫人，要帮她找三叔出来，求月相思替她报仇。至于凌夫人的来历，她不是已经说得清清楚楚了嘛，何必再问？更何况她还是三叔的故友，三叔……"

只说了一半的话突然停住了，苏妄言不知想到了什么，猛地跳了起来。

"韦长歌！我知道我们该去什么地方了！"

"什么地方？"

"长乐镇！"

"长乐镇？"韦长歌愕然道，"那是什么地方？"

苏妄言一脸兴奋："我刚才突然想起来，那天晚上，凌夫人曾两次跟我提起'长乐镇'这个地名！第一次，她说她是长乐镇人氏；后来给我《刑天图》的时候，又让我告诉三叔，是长乐镇的凌霄送去的。三叔当时听了，还随口说了句：'长乐镇？不对啊，她应该是姑苏人。'

"我当时没留意，刚才我突然想起来，后来你说起的时候，我才觉得有点不对。三叔的性子我最清楚，他不清楚的事，从不肯随便说一个字。他说凌霄是姑苏人，那就一定不会错！一个人绝不可能无缘无故说错自己的祖籍……"

"而凌霄不但说错了，还一连说错了两次。"

"不错！所以，一定是有什么特殊的原因，让凌夫人不能直说，只能用这种方式给我暗示！"

韦长歌道："所以你觉得我们接下来应该去长乐镇？"

苏妄言点点头道："就算我们在长乐镇见不到凌夫人，那里也一

定有些什么她想让我知道的东西。"

"可是，还有一个问题。"韦长歌顿了顿，望着苏妄言，淡淡一笑，"这个长乐镇，究竟在什么地方？"

长乐镇究竟在什么地方？这个问题，却是连博闻广识的苏家大公子也回答不出来了。

于是接连好几天，天下堡各分舵的传书雪片似的落在锦城。长乐镇的所在依然没有消息，但每一封书信却都提到了洛阳苏家在江湖上紧锣密鼓四处寻找苏妄言和韦长歌的消息。韦长歌看过那些信之后，总是弹着纸面感叹："再拖上几天，长乐镇没找到，倒是我和你先被找到了！到时候咱们长乐镇也不用去了，你直接回洛阳负荆请罪吧！"

苏妄言神情古怪，欲言又止，像是不服气，又像是想说些什么，却每每只是轻哼一声，就又忙着安排人手外出查探。韦长歌便笑笑，漫步走回窗边坐下，在没有雪的冬天的锦城，温上一壶酒，来佐手中的书。

直到第七天中午，韦敬终于拿着一封信匆匆走进了韦长歌的书房。

韦长歌正拉着苏妄言烹茶，看了那封信，久久没有说话，好半天，才抬眼看向苏妄言："长乐镇找到了——你一定猜不到，这个长乐镇在什么地方。"

他露出个似笑非笑的奇怪表情，一字一顿道："洛阳城西三十里。"

苏妄言一愣，随即不由得苦笑起来。

"我要是这个时候回洛阳去，岂不是自投罗网？"

韦敬轻咳了一声，道："苏大公子，韦敬斗胆说一句，其实锦城不见得比洛阳安全多少——探子回报，苏大侠带着人马在一刻钟前进了城门，正朝着这边来，现在距这里只有两条街了……"

苏妄言和韦长歌对视一眼，同时跳了起来。

马车停在镇口，苏妄言小心翼翼地把秋水收进剑匣背在身后，和韦长歌一起跳下马车，踩着积雪走进了长乐镇。

镇子很小，很普通。约摸百十来户人家，当中一条东西向的长街，宽二十七步，长四百零九步，把整个小镇从中整整齐齐地剖成两半。街道很宽敞，也很干净，两旁是各式各样的店铺和房屋。

乍看之下，似乎是个平平无奇的中原小镇。

只是冷清。冷清得几乎连呼吸都要冻结住。

所有店铺房舍都紧闭着大门，门锁上，也都已是锈迹斑斑。接连下了好几天雪，在地面上留下足足半尺厚的积雪，小镇像整个儿埋在了雪里，半点儿看不出人迹来，既没有鸡犬相闻，也没有黄发老人垂髫小儿，只有脚下雪地的呻吟，和从那荒凉中透出的肃杀气。

韦长歌和苏妄言站在二十七步宽的街面上，不约而同望向长街中央。

那是一座两层的小楼，楼头挂着一面褪了色的杏黄酒旗，残破得看不出字样，在寒风里发着抖，猎猎作响——偌大一个长乐镇，就只有这座小楼的门前没有积雪。

苏妄言茫然注视着那面酒旗，有意无意地裹紧了身上的裘衣。

店门没有上锁，虚掩着一条缝，韦长歌大步走过去，推开了半扇木门，和苏妄言一前一后走进了小楼。

门后是一间大屋。

隆冬日短，才酉初时分，天已半黑了，这屋里又更比外面昏暗了许多，所以有那么一会儿工夫，两人眼前是短暂的黑暗，屋子里的一切都隐匿在了浑然的幽暗之中。

韦长歌眨了几次眼，这才看清屋中的情形，却暗暗吃了一惊——

屋子极大，看布局，像是什么酒楼客栈之类的大堂，却横七竖八地摆满了棺材，有大有小，有新有旧，有的像是已经在这里摆放了几十年，有的却像是一刻钟前才刚刷好黑漆钉上长钉。大小形状各异的陶瓷坛子靠着墙堆放在四周，想必也都装着不知属于何人的骨灰。

屋子里弥漫着一股说不上来的淡淡腐臭和难以形容的怪异气味，那是一进长乐镇就明显叫人无法忽略的一种味道。

仿佛是在穿过纸窗的幽暗日光照射不到的角落里，在那些灰尘和蛛网中间，潜伏着成千上万、无影无形、不属于人间的暗魅生物，在生长、繁衍、窥伺，在无时无刻从嘴里向外喷洒着污浊的毒气。

——是"死味"。

韦长歌和苏妄言都没有说话。

寂静中，死味浓烈而厚重，就像是下一刻，闻到那死味的人就将开始从身体内部向外腐烂……

苏妄言忍不住悄悄朝韦长歌身边挪了一步，正想开口说点什么，冷不防，突地有个阴森森、平板板的沙哑男声贴在二人耳边，全无起伏地问道："客官是不是住店？"

韦、苏二人霍然回头，只见一个脸色青黄、病容恹恹的中年汉子赫然站在两人背后！

那病汉高高瘦瘦，通眉屈指，佝偻着腰背，一件青色长衫松松垮垮地挂在身上，更显得病入膏肓。

两人心头都是一颤。

病容男子往前移了一步，如同飘浮在幽晦不明的空气之中，无声无息，木无表情地盯视着两人。

"客官是不是住店？"

韦长歌屏着呼吸道："阁下就是这里的老板？"

病容男子目光停留在两人身上，缓缓点头。

韦长歌就着昏暗光线将屋内环视了一圈。

"老板说住店，不知是要让我们住在何处？"

那病容男子没有说话，怡然自得地缓缓穿行在棺材和骨灰坛的行列之间，末了停在屋子正中的两口棺材前，伸手把棺盖揭开了："就这里吧。"

一蓬尘雾随之扬起。

病容男子道："这里三十三口棺材，二十六口已经有客人了，还剩下七口空的。两位不满意，也可以另选。"

韦长歌不由得变了脸色。

苏妄言冷笑道:"这是什么意思？老板是让我们睡在棺材里？棺材就算能住人，也只住得了死人，住不了活人。"

但那男子却认真点了点头，正色回道:"客人说得不错，这客栈原是为死人开的。不过规矩是死的，人是活的。既然二位来了，咱们不妨改改规矩，那活人不也就可以住了吗？"

苏妄言听他说得认真，也不知该怒还是该笑，一时竟找不出话来驳他。

韦长歌微微一笑，也正色道:"既然是给死人预备的地方，那就是义庄了。试问活人又怎么能住在义庄里？"

病容男子木然道:"我做的虽然是死人买卖，却实实在在是客栈不是义庄。"

韦长歌立刻接道:"既然是客栈，就该做活人生意。"

那男子双眼一翻，露出眼白，冷笑道:"死人生意也好，活人生意也罢，客栈做的生意就只有一样——让人歇脚暂住。活人到最后不都成了死人，死人到最后不都化了灰吗？人生一世，天地为客栈，造化为店主，多少呕心沥血末了都付了房钱，只不过这一住，时日稍长了些罢了。客人倒说说，这活人死人有什么不同？

"要按客人的说法，凡给死人预备的地方就是义庄，那城里头那些个大宅子、小宅子、老宅子、新宅子，又有哪一个不是义庄？就连这花花世界、紫陌红尘，岂不也整个变成了一个大义庄了吗？

"嘿嘿，活人也好，死人也罢，我这里统统都给他们留着地方。不论钱多钱少、男女老少，不论富贵贫贱、奸狡良善，进了我这门，就统统都一样，一人一口棺材，没有落空的，也都别想多占。"

韦、苏二人都好一阵子没有说话。

苏妄言半晌笑道:"不错!死人住得,活人有什么住不得!"

径自走到那口棺材前,在棺盖上坐下了。

韦长歌没想到这貌不惊人的病汉竟能讲出这么一番话来,暗自佩服,当下叹了口气,笑道:"罢了,比起义庄,我还是宁愿把这花花世界当做一个大客栈。"也跟着走过去,坐下了。

苏妄言却已笑着问道:"不知阁下怎么称呼?"

那男子平平板板地回道:"在下姓滕行六,人称滕六郎。"

苏妄言眸光闪烁,不动声色:"原来是滕老板。滕老板要是不介意,不妨过来一起坐吧。客途寂寞,咱们几人说说闲话,也好打发些时间。"

滕六郎也不拘礼,果然走过来,在对面一口棺材上坐下了:"也好。我也正要跟二位说说我这间客栈的规矩。"

韦、苏二人一起道:"滕老板请说。"

滕六郎道:"我这里,第一条规矩,是只做死人生意——这一条嘛,从今日起就可以改了。"

苏妄言笑道:"不知道这第一条规矩是怎么来的?照滕老板方才所说,既然活人死人都没什么区别,为何却定了这么一条规矩?"

"这规矩不是我定的。"

"哦?"

滕六郎道:"这家客栈一共已换了三个老板。二十年前,第一个老板专做活人生意,到第二个老板手上,就只做死人买卖。现在我当家，便是死人买卖也做，活人生意也做。嘿嘿，我在这里做了一个月老板，你们二位，还是我做成的第一笔活人生意。"

韦长歌笑道："这规矩倒恁地古怪。"

滕六郎不搭腔，自顾自说道："第二条规矩，凡在这客栈过夜的活人，入夜之后，不得踏出店门。"

他顿了顿，继续说："第三条，凡在来归客栈过夜的活人，夜里切切不可睡着。"

苏妄言讶然道："这两条又是为什么？"

滕六郎看了看他，好半天，第一次露出了带着诡秘的笑容："两位进了这镇子难道没有发现？"

"发现什么？"

"这镇子，除了我，再没有第二个活人。"

苏妄言只觉心脏突地漏跳了一拍，道："那是为什么？"

滕六郎依旧神秘地笑了笑，压低了嗓子，慢悠悠地道："这镇子，是个鬼镇。"

苏妄言心头一跳，却若无其事地笑了笑，反问道："鬼镇？"

"镇上的人不是死了，就是逃了。活人没有半个，死人却四处走动，这不是鬼镇又是什么？"

"……这是怎么回事？"

"听说是二十多年前的事了。"

滕六郎叹了口气，慢慢说道："那一年，镇上来了一对年轻夫妇，男的器宇轩昂，女的国色天香，两人就住在这家店里——当晚，男的不知为何暴毙而亡，妻子也就一抹脖子殉了情。从那以后镇上就接二连三地死人。有时，一家老小十数口人一夜之间就死得干干净净，身上都是刀伤。

"时不时地，又有人看到男人那个漂亮得不像人的妻子，穿着一身鲜红鲜红的衣裙，在镇子附近徘徊——这红衣女鬼，也是凶得骇人！每次她一出现，街上就会多出几具尸体，刚开始，死的还都是些本地人，慢慢地，就连有些路过的外乡人，也都死在了镇上。

"所以就有人说，是那对夫妻的冤魂不甘心就这么死了，要杀光所有人陪葬。几家大户出钱请了龙虎山的天师来作法，结果请来的天师也好，前去迎接的人也好，都死在了镇外的山路上，于是镇上人心惶惶，没死的人也都逃到别的地方去了。消息传开，就连过路的客商也都吓得远远绕开长乐镇走。这么一来，不到半年工夫，这长乐镇就成了个鬼镇。"

他说到这里，忽而又露出那种古怪笑容："客人可信鬼神之说？"

韦长歌微笑道："怪力乱神，圣人尚且不谈，我等都是凡夫俗子，更加不敢妄论。"

苏妄言亦道："人有一念向善，即可成神；一念为恶，即沦为鬼——所谓鬼神，不过人心而已。"

滕六郎嘴角一撇，似笑非笑道："原来二位都不信鬼神……其实鬼神之说姑且不论，要说是那对夫妇的冤魂要杀光镇上的人，这话我却是不信的。我只信一句'冤有头，债有主'，便是真有鬼神，那一定也是有恩报恩，有仇报仇，哪有不分青红皂白乱杀一气的道理？"

苏妄言眸光闪动，笑道："滕老板这话有理。但如果不是冤魂作

祟，那镇上的人又是怎么死的?"

店内虽然只有他们三人，滕六郎却煞有介事地向四下里环视了一圈，往前探了探身子，这才缓慢而低沉地道:"是无头尸!"

他声音本来低沉，这么拉长了调子，韦、苏二人听在耳里，就有种阴森森的感觉。

滕六郎望望二人，压着声音道:"什么冤魂作祟，全是骗人的!那些人，都是被一具无头尸杀死的!

"先是有人看到了一个没有头的男人在镇子上晃荡，本来大家还不信，可后来看到的人多了，就不由得人不信了!你说他是死人吧，他却能走能动，还能杀人!你说他是活人吧，却又没有头!反正，也说不上来究竟算不算是尸体。只知道他出现之后，镇上渐渐就有人横死，查来查去，也查不出个原因，直到有一天——"

他故意一顿，这才道:"直到有一天深夜，有人亲眼看到那个没有头的男人提了把明晃晃的长刀进了一户人家，这人悄悄跟过去，从门缝朝里面看去——正见那无头男子手起刀落，把一个人从中劈成了两半!"

说到末尾几个字，滕六郎语调突地一高，韦、苏二人正听得入神，不由得都吓了一跳。

"活人也好，尸体也好，总之，如今这个没有头的男人整日都在镇上四处徘徊。白天还好，远远看见了，避开就是。晚上不太看得清楚，撞上了可就没命了!或是运气不好，碰上那个红衣女鬼，也是死路一条!

"所以本店的规矩是入夜之后不能出店门。也不能睡着——万

一睡着的时候，让那没头的男人进来了，那便不好说了。"

滕六郎似有所指地森森一笑。

苏妄言也压低了声音："那滕老板你呢？你有没有见过那个没有头的男人？"

滕六郎低沉着声音道："怎么没见过？整个冬天，一到夜里，就总有人走在雪地上，踩得那积雪'咯吱、咯吱'地响……从窗户看出去，是个高高大大的男人，穿着青色衣服，手里提着刀，来来回回地走在长街上——每走一步，手里的刀就跟着挥动，那刀上，隐隐约约地，还看得到血迹！"

说到这里，滕六郎又左右看了看，跟着才把身子微微前倾，小声道："这个男人，肩膀上空空荡荡——竟是没有头的！"

三人都没说话。

好一会儿，韦长歌才暧昧地笑了笑，他并不怎么相信滕六郎的话，因此只问道："滕老板刚才说，接手这客栈才一个月？"

滕六郎咳了一声，喘了口气道："之前的老板不干了，我便用三百两白银盘下了客栈。"

幽暗中，韦长歌的眼睛微微地发着亮："哦？滕老板既然知道这里是个鬼镇，怎么还有兴趣在这地方做生意？"

"开了客栈，自然就会有人来住，来住的人多了，不就热闹了吗？"

苏妄言接口道："话虽如此，毕竟是真金白银的买卖，滕老板就真的不怕做了蚀本生意吗？"

滕六郎冷笑道："这世上哪有什么蚀本的生意？非说蚀了本，不过是人心不足罢了。你我都是光着身子来的，这身上衣裳、口中饭

食，算算，哪样不是赚来的？哪怕冻饿而死，也还是白赚了辰光年月。何况我这三百两，本就是白赚来的。"

"哦？"

"我幼时遭逢惨变，失了父母庇护，又没有兄弟可依靠，从此就流落街头，乞讨为生。"滕六郎声调虽平，说到这里，却还是忍不住叹了口气，"到十岁时，黄河决堤，冲毁了无数良田。那一年，天下处处都闹粮荒，灾民遍野，家家户户，自己都吃不饱了，谁还有心思来管我这小乞丐呢？

"那一次，我已经接连三天没有要到一口吃的了，我还以为自己必死无疑，却在最后关头上，有户好心的人家给了我一个馒头。那馒头又大又白，拿在手里，热气腾腾的！我高兴极了，生怕被其他人抢去，把那馒头藏在怀里，一个人偷偷摸进了一条僻静的小巷子，想找个没人的地方坐下来慢慢儿地吃。"

说到这里，滕六郎又叹了口气："现在想想，也许就是这个馒头改变了我的一生。我进了那巷子，越走越深，刚想要坐下来，就看到前面像是睡着个人——那年月，走在路上随处都可以看到人的尸体，见得多了，也就不怕了——我心里想着'啊，这儿又有一个饿死的'，一边走过去。"

韦长歌奇道："走过去做什么？"

滕六郎怪异地瞥他一眼，似笑非笑。

苏妄言轻声解释道："他是要去剥那死人的衣服。"

韦长歌呆了呆。

滕六郎扫他一眼，道："我看二位也都是生来就锦衣玉食的人，又哪会知道穷人要活命有多难?! 饿死在路边的人，身上都不会有什么值钱东西——要有，也就不会饿死了——唯一剩下的就是身上的衣服，所以只要一看到路边有死人，所有人就会一窝蜂地围上去抢死人衣服。这种从死人身上剥下来的衣服能换两文铜钱，正好可以买个馒头，而这个馒头，说不准什么时候就会救了你的命。那时候，为了一两件死人衣服，我也常常和人打得头破血流。"

韦长歌一言不发，静静听着，心里说不出是什么滋味。

"可是那天，我才一走近便大吃了一惊! 那死人身上的衣服竟是上等的丝绸质地! 他腰上悬着香袋，右手拇指上竟还带了个翠玉扳指! 可这样的人又怎么会饿死在路边呢? 再仔细看看，原来那人的腹部受了伤，还在汩汩地流着血。我呆呆站在他身边，一时间，不知道该怎么办好! 就在这时候，那人呻吟了一声，我吓了一跳，这才清醒过来……"

滕六郎一顿，笑道："但第一个闪进我脑海的念头，却不是救人——

"我一个箭步冲过去，抓起他的右手，死命把扳指拔了下来，又扯下他的香袋，转身就跑，一直跑进了最近的当铺。大朝奉见了那扳指，二话没说，就给了我一张五千两的银票——嘿，不怕两位笑话，我长了那么大，还真没见过这么多的钱!

"二位可知道我拿着那银票做的第一件事是什么吗?"滕六郎略略一停，淡淡一笑，道，"我做的第一件事，就是立刻把那扳指赎了回来。"

韦长歌忍不住问道:"那又是为什么?"

滕六郎道:"我虽然想要那五千两银子,但我也知道,一个把五千两银子戴在手指上的人,他的命绝对不会只值五千两。

"我用卖了香袋的钱,雇了轿子把那人抬到客栈,又拿钱请大夫抓了药,寸步不离地守在边上照顾了他三天。那人原来是江南一带的大财主,带着巨款来中原办事,没想到路遇强盗,受了重伤,他本以为自己活不了了,没想到却被我救了。他醒来之后,感激我的救命之恩,就把我收做养子,带回了江南——要不是这样,只怕我现在早就饿死了……"

苏妄言道:"你既然做了大财主的养子,又为什么会在这里做个小客栈的老板?"

滕六郎叹道:"这里原是我出生之地。养父去世之后,几个兄长闹着要分家产,实在不堪得很。我也懒得去争,想起出生之地,就带了点钱回来,却没想到这里已是这般模样……我去江南的时候,只是个一文不名的小乞丐,如今回来,已是衣食无忧,二位,我这三百两银子岂不是白赚来的吗?"

说话的当儿,天已全黑了,三人虽是相对而坐,面目却也已模糊难辨。

"哎呀,只顾着说话,天都黑了,我倒还没留意……客人不如稍等片刻,我到后院准备灯火,去去就来。"

滕六郎看了看窗外,站起身,顺手拍了拍衣服上的灰尘,向着客栈深处一道小门走去。走了几步,回头笑道:"两位记得,千万千万,不要出店门!"

那笑容浮在黑暗里，半隐半现，说不出的诡异。

便听吱呀一声门响，那脚步声伴随着滕六郎的咳嗽去得远了。

好一会儿，韦长歌沉声道："这滕老板倒不是普通人。"

苏妄言颔首道："青女为霜，滕六为雪。雪是一照即融之物，他自称滕六郎，这是明明白白告诉我们，他用的是假名。"

韦长歌道："久病之人脚下虚浮，但我看他走路，步子虽轻，势道却极沉稳，倒像是练家子。我总觉得，以此人的见解识度，在江湖上应该是大大有名的人物才对，只是一时之间，想不起来会是什么人……"

苏妄言突地笑了笑："你看这滕六郎，大概多大年纪？"

韦长歌略想了想，道："看样子，总是过了三十了。"

苏妄言又笑了笑，道："照这么推算，他十岁那年，便该是二十来年之前，对吧？"

"嗯，不错。"

"可那样就不对了。"

"哦？"

"要是我没记错，二十多年前，中原可没什么因为黄河决堤引起的饥荒。"苏妄言略一思索，道，"倒是十二年前，黄河改道，淹死了数十万人，大半个中原的农田都颗粒无收，刚好又遇上江南闹蝗灾，结果那年发生了空前的粮荒，全城怕有一半的人都饿死在了这场饥荒里。"

韦长歌想了想，道："我看他说起往事的时候，虽然是伤心事，却始终透着有种缅怀之意——这样的神情可假装不来。我相信他说

的这件事，应该是真的。"

苏妄言含笑颔首："如果他所言不虚，那就只有一个可能……"

韦长歌心念一转，立时明白过来："你是说，他现在这副模样不是他本来面目？"

苏妄言微一点头。

韦长歌沉吟道："不错，当是如此——那他究竟是什么人？为什么要扮成这模样？在这里做什么？还有凌霄，她几次提到长乐镇，究竟是什么用意？若是为了要引你来这里，却为什么迟迟不现身？"

韦长歌低叹道："这镇子真是有些古怪，镇上的人也不知道去哪儿了，莫不是真的被无头尸体杀了吧？"语毕，自己都忍不住自嘲地笑了笑。

苏妄言正要说话，突听得一阵急促的马蹄声，夹杂着车轮轧过雪地的声音，从远处极快地接近了。

两人对视一眼，起身奔到门口，拉开了店门。

只见一辆马车，漆黑车辕，朱红车篷，前座上空无一人，车厢门紧闭，车顶上高高地挑着一盏灯笼，在积满了雪的街道上狂奔而来，转眼到了客栈门口。便看那车厢门陡然开了，从里面飞出一件黑糊糊的方形东西，直撞进店来！

便听砰然一声巨响，那东西重重落在大堂中间，竟又是一具棺木！

两人一惊之际，那马车已从门前飞驰而过。

苏妄言喊了声"追"，一个箭步冲出门外，和韦长歌一前一后朝着那马车离开的方向追去。

两人沿着街道全力追赶，不知不觉已出了"鬼镇"，渐渐行到野地里。

放眼四望，直到视线尽头，也只是茫茫雪野，在夜色里幽幽地泛着青光。

触目只见积雪清冷，衰草萧瑟。

沁人寒意中，冷风从发际飕飕穿过。

眼看只一步就可以掠上马车，苏妄言却猛地刹住了身形，肩头一颤，屏住呼吸，就这么死死地盯着前方，任那马车从身边冲了过去。

韦长歌顺着他的目光看去，也不禁呆住了——

前面雪地里，隐约可见一个青衫男子正大步走在雪地上，身材高大，手提一把长刀，阔背薄刃，映着雪色泛起一线寒光。在"他"身后，清清楚楚的两行脚印一直延伸到远处。

再往上看去，那男子肩部以上竟是空空荡荡，原本应该长在那里的东西，竟是不翼而飞！

刹那间，滕六郎阴郁而不带丝毫语气的声音又在耳边森然响起。

——你可以叫他没有头的男人。

——你也可以叫他无头尸体。

苏妄言的心脏止不住地狂跳起来，几乎要从胸口破腔而出！像是有种前所未有的寒意，化身为活物，窜上脊背，顺着血液流遍了四肢，连一根手指都无法动弹，光是掀动嘴唇就已经花掉了全身的力气。

那马车中的人，像是也已看到了那叫人毛骨悚然的诡异情景，

禁不住发出了一声短促的悲鸣，连那马儿也仰头长嘶起来，似想停下，但狂奔之中，却已刹不住去势，依旧向前冲去。

下一刻，青色人影暴涨而起，没有头颅的身体，转眼已扑到车前。

眩目刀光陡地划过，马车顿时四分五裂，血光中，一个模糊的人形横飞出来，重重落在一丈开外，身下一摊血迹迅速洇染开来。此时那马儿嘶声未竭，整颗马头已滚了下来，却还依旧拖着马车的残骸往前冲了几步，这才身子一歪倒在地上，腔中鲜血箭也似的高高喷出来，溅了一地。

这一眨眼之间，长乐镇外的皑皑雪地上，已多了一个人、一匹马、一辆车的尸骨。

但群山静默，天地间，又已静得骇人。

许久，苏妄言不由自主退了一步，紧紧挨到韦长歌身边，颤声道：“韦长歌……那……那是什么？”

竟连声音都变了调子。

不远处，阴森的雪光里，那没有头颅的男子竟突然停住了，半转过身，静静站在空旷的雪地上，一动不动，似乎是在回望着韦、苏二人。

韦长歌不觉胆寒，脸色变幻莫测，刹那间，只觉全身的血液都结了冰，脑子里一阵昏眩，背上一层冷汗涔涔地流下来……

“他没有头……”

苏妄言脸色苍白，只觉毛骨悚然，却又像是被蛊惑了般，无法把目光从那无头尸体上挪开，就只是死死盯着那男子早已不存在了的头部，一遍一遍，不住口地喃喃着："他没有头……他没有头……他没有头……"

韦长歌猛然回过神，听见他的话，心头一震，忙抓住他肩膀，用力摇了摇，一边紧紧盯着那没有头的男人，一边吸了口气，强笑道："别怕，大概是什么人恶作剧，故意弄了具无头尸体来放在这里……"

声音却也是无比干涩。

苏妄言打了个寒噤，才要说话，冷不防地，突然从背后伸来一只手捂住了他的嘴。

苏妄言原本已是心神不宁，这时猛然一惊，更是惊骇欲绝！若不是被紧紧捂住了嘴，只怕就已叫出声来！

那是一只冰冷刺骨的手——

白皙而柔嫩，像江南最好的丝绸一样又细又滑，在雪色中泛着美玉般的光泽，那轻柔的动作，像是正要抚摩情人的嘴唇，每一寸肌肤、每一根手指，似乎都带着种懒洋洋的笑意。

实在是一只绝美的手。

只是这只手，却没有一丝一毫的温度，冰冷得如同死人。

苏妄言惊骇之下猛地一颤，韦长歌察觉到了，几乎同时回头，和苏妄言一起看向身后——

一个女人无声无息地伫立在两人身后。

她全身都紧紧裹在一件红色的斗篷里，只露出一张看不出年纪的脸。鲜艳的红色，衬在一片雪白中，热烈得要烧痛人的眼睛。女人眼瞳幽深，肤色白得几近透明，站在面前，分明就是"雪肤花

貌”四个字。

但韦、苏二人却都不禁悚然——他们两人出身名门，自负武功了得，在江湖中也早已罕有敌手，此时虽说正是心神动荡之际，但竟完全不知道这女人是什么时候到了自己身后，对两人来说，当真是前所未有的事，不由得大是骇然。

瞬间，两人脑海中都闪过了滕六郎所说的“红衣女鬼”的影子。

韦长歌回过神，一步跨前，挡在苏妄言身前，才要开口，那女人却把右手食指竖在唇边，做了个噤声的手势，转身一言不发地走在前面。

苏妄言的手依然轻轻地发着抖，韦长歌看向苏妄言——平素看惯了的俊俏面容此时只是苍白，那双漂亮的眸子也因为惊惧而有些张皇——不知为何竟觉心头微微地一痛，当下不假思索，一把握住了他手。

苏妄言下意识地一挣。

但这一次，韦长歌却没有像往常般松开，只是默不作声地注视着他，而后再一次紧握了他的手。那种温度，像是在一瞬间安抚了心底的惊惧，让他不由自主生平第一次反握了回去。

韦长歌微微笑了笑，拉着他，跟在红衣女人身后朝镇上走回去。

快到那客栈门口，女人陡地停住了脚步，也不回头，凝视着从客栈窗户里透出的灯光，好一会儿，才淡淡道：“事到如今，她还是不肯死心？”

女人也不等二人回答，便自顾自带着嘲弄说道：“来过多少人，全都死在这地方。她却还是不肯死心？她到底还想弄多少人来送死？"

韦长歌不明其意，心下暗暗揣测，面上却只笑不语。

苏妄言此时已镇定许多，甩开韦长歌的手，道："夫人怕是误会了，我们只是偶然路过此地。"

韦长歌听他开口，知他无恙，不由得大大松了一口气。

那女人冷笑道："你们两人年纪轻轻，何必学人说谎？这二十年，凡来长乐镇的人，哪一个不是凌霄找来的？这两年稍安静了些，我还道她死了心，不想这几日倒又热闹起来了。哼，我就知道，必是那贱人找来的帮手！"

韦长歌听她提到凌霄，心中已是一动，再听她言语中似是恨极凌霄，不觉更是好奇，口中却还是只道："凌霄是谁？我与夫人素不相识，何必说谎？我们二人确是路过。"

那女子回过头，看了两人一眼，脸上神情似是并不相信，却还是淡淡应了一声，旋即轻叹一声道："不是也好。天一亮，你们就赶快走吧，快走，越快越好——这地方，实在不是活人该来的……"

苏妄言不答话，却急急问："那东西……那东西究竟是什么？是人，还是鬼？"

那女子神色一凛，森然道："不是人，却也不是鬼。"一顿，黯然道，"你们就当是做了一场噩梦，忘了吧！"说完幽幽叹了口气，回身朝来路走去，只走了几步，又回头叮咛道，"记得，天一亮就走！"

便见那道红色的身影极快地掠过雪地，一会儿工夫便走得远了。

韦长歌看那女人走远了，深深吸了口气，朝苏妄言笑笑，放柔

了声音，道："我们也回去吧。"

苏妄言微微一笑，却依然凝视着雪地那头。

韦长歌关切问道："怎么了？"

"她的手，冷得像死人一样……"苏妄言低低说着，忍不住打了个寒战。

他抬起头，目不转睛地望着韦长歌："你还记不记得，凌夫人抱着的那个人头？韦长歌，你说，那人头二十年来不腐不坏，那头下面的身子呢？那头下面的身子，还在不在？如果还在，那身子现在会在哪里？"

韦长歌一怔。

苏妄言道："我想，我已经知道，嫦娥盗药和刑天断首有什么关系了。"

来归客栈里，已点上了灯火，四壁又点上了几盏灯笼，便照得四下里一片明亮，反倒比白日里少了几分阴沉和诡异。

苏妄言站在韦长歌身边，一起看向屋中那具棺木。

与屋里其他棺木相比，眼前的棺木不仅新，做工也更精美，但最引人注意的还是比普通棺木足足大了一倍的尺寸。

韦长歌举起右掌，才要劈下，苏妄言蓦地伸手挡住了，反手抽出佩剑递给韦长歌："小心有毒。"

韦长歌一笑，剑上使力，将那棺盖挑到地上。

棺材里躺着三个不省人事的男人。

那棺材本来不小，只是挤了三个男人之后，看起来也就小了许多。

看到棺材里的人，苏妄言忍不住讶异地抬了抬眉头，韦长歌也皱着眉头，没有说话，只把棺材里的人一个一个抓了出来放在地上。

这三个人，第一个是个中年男人，面容刚毅，看起来甚有威仪，韦长歌认得他是泰丰镖局的马总镖头；第二个人，也是个四十来岁的中年人，灰发长髯，气度潇洒，正是江湖上著名的孤云剑客王随风；第三个人，却是个形容猥琐、须发稀疏的老头，看样子是寻常百姓，可不知为什么，竟和这两个武林中的成名人物一起被人放在棺材里送到了这客栈。

韦长歌叫过苏妄言："这人我倒不认识，你来看看。"

苏妄言摇头道："怪了，我也不认得这人，看他样子，不像江湖中人。"

话音未落，便听屋子深处那扇小门一响，滕六郎一手提着酒坛一手拎着几只酒碗从后面走出来，见了堂中的情景，微微一怔，讶然道："这是怎么了？这三人又是从哪里冒出来的？这是怎么回事？"

苏妄言一笑，反问道："滕老板难道不知道这是怎么回事？"

滕六郎低咳了几声，惑然摇头："在下确实不知道。"顿了顿，皱眉道，"是了！方才我去里面拿酒，听到外面有马车的声音……这几人，是我不在的时候，那马车送来的？"

苏妄言似笑非笑，看了他一眼，也不接话，俯身一一搭过三人左腕，淡淡道："没什么大碍，只是被人下了迷药，拿点冷水一泼就没事了。"

韦长歌略一沉吟，点头道："还请滕老板拿些冷水来，咱们先将

他们弄醒再说。"

滕六郎应了，一时拿了水来，每人脸上泼了一碗。

果然不一会儿，那三人便悠悠醒转过来。

最早醒来的是马有泰，他先是茫然转了转眼珠，视线慢慢凝聚到一点上，接着瞳孔猛然缩小，陡地翻身坐起，喘着气，厉声喝问："这是什么地方，我为什么会在这……"

话还没说完，看见周围那一片棺材和骨灰坛，不由得一呆，那半句话也就生生咽了回去。

好一会儿，才恍然似的回过神，四下看着，看到韦长歌和苏妄言，一怔，狐疑道："韦堡主！苏大公子！你们怎么在这里？到底发生了什么事？"

马有泰慌慌张张地站起来，一连声追问道："这是什么地方？我为什么在这里？我是怎么到了这里的？"

便听旁边一声悠悠长叹，王随风慢慢地眨了眨眼，迷迷糊糊地问道："说话的是马老弟吗？"一顿，突然大声又道，"我，我怎么会在这里？"一面说着话，一面飞快地站了起来，看见众人，不由得又是一怔，"韦堡主？苏大公子？你们，你们怎么会在这里？马……马总镖头，这……这是什么地方？"

马有泰听见他声音，顿时脸色大变。但他毕竟已是老江湖了，只一顿，便若无其事地苦笑道："王大先生，你怎么也来了？我也是才清醒过来，结果一醒就发现自己睡在棺材堆里——这到底是发生了什么事？"

王随风愣了愣，转头求助地看向韦长歌。

韦长歌苦笑着指了指面前的棺木道："我只知道，有辆马车把这口棺材送到了这里，我和苏大公子打开棺材，就看见三位中了迷药，躺在里面。"

王随风惑道："三位？还有谁？"

苏妄言笑着招手道："马总镖头，王大先生，你们过来看看，可认得这人吗？"

马、王二人闻声走至那人面前，只看了一眼，各自摇头。

王随风惑道："这人是谁？"

苏妄言一怔："你们也不认识他？怪了，这人是和你们一起装在棺材里送来的……"

马、王二人皆是一愣，又不约而同摇头道："不认识。"

两人四周环视了一圈，仍是一脸茫然，目光又不约而同地着落在了滕六郎身上。

王随风道："韦堡主，这位是……"

滕六郎道："鄙姓滕，行六，别人都叫我滕六郎，是这里的老板。"

马有泰痴痴问道："这里……这里是义庄？"

滕六郎正色道："非也。我这里，是一间客栈。"

马有泰怔怔道："客栈？客栈里放着这么多棺材做什么？"

滕六郎冷笑道："我这客栈既做死人买卖又做活人生意。死人不能睡床，活人却可以睡棺材，棺材岂不是比床有用得多吗？"

马有泰张了张嘴，不知如何回答，半晌，伸手把脸上的水抹去了。滕六郎漫步走到那口权充桌子的棺材前坐了下来，低头咳了一声："大家都先过来坐下吧，有什么事慢慢说。"

苏妄言点点头，大步走过去坐下了。

韦长歌微微一怔，笑了笑，也坐到滕六郎身边。王随风踟蹰半天，才下定决心似的走了过去，马有泰只怔怔站在原地发愣，半晌，又急急问道："韦堡主，苏大公子，这里是什么地方？我为什么会在这里？你们又怎么会在这里？你们可知道，最近苏家到处在找你们，也不知道原委，只说大公子闹出了件什么大事，和韦堡主一起失踪了。偏天下堡又不闻不问，任苏家闹得整个江湖都快要翻过来了！你们怎么还在这里？"

韦长歌微笑道："我和妄言就是要去解决这件事的。这里是洛阳城外的一个小镇，我和妄言偶然路过，在这客栈落脚，凑巧看见二位被人迷昏了装在棺材里，其余的事，我们也不清楚。对了，马总镖头、王大先生，你们都是老江湖了，怎么会莫名其妙被人装在了棺材里送来？"

马有泰、王随风二人不由得对视了一眼，却又立时都不着痕迹地移开了视线。

四·

夜店

安静中，忽听得苏妄言哈哈一笑。

滕六郎笑问："苏大公子何事发笑?"

苏妄言闻言又是哈哈大笑，末了，慢悠悠地道："我笑这屋檐底下的人，除了滕老板，大约竟没有一个知道自己为什么会在这里。"

韦长歌苏妄言看在眼里，也不言语，只当没看见。

王随风道："惭愧，真是惭愧！我只知道自己睡下去的时候还在金陵的卧室里，怎么一觉醒来就到了这里？真是莫名其妙……马总镖头，你又是怎么来的？可有什么线索吗？"

马有泰愁眉苦脸，只道："我跟王大先生你一样，睡下去的时候还在自己床上，醒来就发现自己已经躺在一口大棺材里了！呸，真他奶奶的晦气！"

便听滕六郎在一旁阴沉沉地道："我倒觉得没什么好晦气的——进了棺材，还能自己爬出来，这样的经历可不多，几位下次再进了棺材，只怕就爬不出来了。"

座中几人都不由得变了脸色。

马有泰压抑着怒气道："滕老板，你这话是什么意思？你不怕晦气，马某却是怕的！"

滕六郎容色不变："我自说我的话，关马总镖头什么事？"

马有泰冷笑道："我看滕老板不是不怕晦气，是在寻晦气！"

滕六郎依旧淡淡道："我这人虽然总爱跟人寻晦气，却还没被人装进过棺材。要论晦气，怎么比得过马总镖头？"

走镖的人，真正是在刀口上过日子，因此最讲究意头好，马有泰方才一睁眼，知道自己睡在棺材里，心里已经是大呼"倒霉"了，这时哪经得起滕六郎开口一个"棺材"，闭口一个"晦气"，再三挑拨？登时一股火冒上来，一跃而起，就要翻脸。

韦长歌笑道："滕老板也是心直口快，并无恶意，马总镖头息怒。"

马有泰满脸怒意，瞪了滕六郎半天，重重哼了一声，沉声道："韦堡主既然开了口，马某领命就是了。"又粗声粗气地道，"滕老板，马某是个粗人，方才有什么得罪的地方，还请见谅。"说完了，到底还是气不过，来回踱了几步，转身向王随风道，"这鬼地方不是棺材就是骨灰坛子，待得人憋气！王大先生，我出去看看，你是待在这里，还是和我一起去？"

王随风立即起身道："我和马总镖头一起去。"滕六郎弯下身子咳了两声，道："两位且慢行一步。马总镖头，王大先生，你们都是头一回来我这里住店，别嫌我啰唆。这里有几条规矩，少不得先要跟二位说说。"马有泰冷哼道："你说！"王随风正琢磨不定，也跟着应了一声。

便听滕六郎道："本来，这客栈的第一条规矩，是只做死人生意，但这一条，现下已改了——如今本店是既做死人生意，也做活人买卖。不管钱多钱少、男女老少，不论富贵贫贱、奸狡良善，只要进了我这道门，就都一视同仁。一人一口棺材，既没有多占的，也没有落空的，决不偏倚。

"第二条，凡在客栈过夜的活人，入夜之后，不得踏出店门一步。

"第三条，凡在客栈过夜的活人，夜里不可睡着片刻。"

他略略一顿，道："只要进了我这道门，就得守我这三条规矩。若不愿意，大可出去就是了，我决不阻拦。"

马有泰便是一怔。

王随风有些诧异，笑问："这是些什么规矩？不能出门、不能睡觉，这是为什么？"

滕六郎淡淡道："因为外面有一具会杀人的尸体。"

王随风愣了愣，打了个哈哈，笑道："滕老板是在开我玩笑了。"

滕六郎淡淡道："二十年前，有一对夫妇住在这客栈里，那天夜里，丈夫不知道为什么，断首而死，妻子也跟着自刎殉夫。"

他说到这里，马有泰和王随风不知想到了什么，同时脸色一变，立刻却又跟没事人一样恢复了平静。

滕六郎道："那以后，这里就多了一具会杀人的尸体。一到夜里，总有人听到沉重的脚步声，一步、一步，慢慢地走在路上……跟着，就看到一个没有头的男人，手里提着一把刀，挨家挨户地推门——要是碰巧哪家人运气不好，忘了插门，到了第二天早上，这一家就再没有一个活人……"

王随风半信半疑道："滕老板说笑了——人没有头，自然就死了，哪还能走路，何况是杀人？难道是鬼吗？"说完嘿嘿干笑了两声。

藤六郎却笑了笑，只道："王大先生不相信的话，大可以问问这两位先来的客人，滕某是不是说笑。"

王随风和马有泰自觉不信，却都还是禁不住看向韦长歌。

韦长歌沉吟片刻说："这地方确实有些奇怪，二位若是信得过我，就先在这客栈歇一晚，静观其变，其他的事，明早再说吧！"

马有泰强笑道："大千世界，朗朗乾坤，哪儿来的鬼？怕不是有人故意装神弄鬼吧？"

滕六郎嗤笑道："我几时说是鬼了？"马有泰一愣，怔怔道："人没了头，就不能活了。死了的人还能杀人，不是鬼是什么？"滕六郎也不答话，半讥半讽地撇了撇嘴，抬眼看天。

倒是苏妄言微一沉吟，浅笑道："也不尽然。人无头而能活，其实古已有之。"诸人的视线顿时齐刷刷落在他身上，只等他说下去。

韦长歌心思微动，已知道他要说什么，接道："刑天。"

苏妄言点点头。

"上古时候，炎帝与黄帝争位，炎帝的属臣刑天骁勇好战，却在交战中失败，被黄帝砍断了头颅，葬于常羊山麓。刑天虽断首而死，其志却不泯，又站起来，以乳为目，以脐为口，操着盾牌、大斧继续挥舞，要再与黄帝一决胜负——这岂不是断首却能活的例子？"

马有泰，王随风都是一愣。

便听滕六郎道："'刑天舞干戚'不过是上古传说，苏大公子觉得可信吗？"

苏妄言叹道："我本来也觉得不可信，可是外面那个没有头的男人，不正和刑天一样吗？"

王随风惊问道："苏大公子，这外面当真有那东西？"

苏妄言苦笑道："不瞒二位，滕老板说的那具会走路的无头尸体，我和韦长歌方才在外面已经亲眼见过了。"说到这里，想到此时那无头尸体就提着刀在这镇子来回徘徊，不禁又有些发冷。

苏妄言顿了顿，侃侃说道："无头能活的，不止刑天。秦时，南方有一个叫'落头民'的部族。这个部族的人，有一种叫'虫落'的祭祀仪式，到了夜里，身首会自动分离，头飞出窗外，四处游荡，到了天亮飞回来和身体结合在一起，便又能行动如常。

"《博物志》说，落头民的头离开身体后，以耳朵为翅膀飞行。

古时大军南征，亦常常会捕获到落头民，每到这时，士兵就用铜盘盖住这些落头民的脖子，让人头无法回到身体上，这样，那人便死了。

"又有记载，吴时，将军朱桓有一个婢女。每到夜里，这个婢女的头就以耳为翼，飞出窗外。其他人觉得古怪，夜里挑灯来看，发现她只剩下身子的部分，身体微微发冷，但却还有气息，只是十分急促。于是这些人便用被子盖住了她的身体。天快亮的时候，婢女的头回来了，神情十分惊恐，想要回到身体上，却隔着被子，无法和身体合拢。最后还是旁人把被子揭开了，她的头才能回到身体上。"

他说得生动，几人也都听得入神。

"后来，元朝时候，陈孚出使安南，作了一首叙事诗，道是'鼻饮如瓴甋，头飞似辘轳'。这是说，当地的土人，有能用鼻子喝水的，也有夜里头离开身体飞到海上吃鱼，到破晓时分又回到身体上的。因此后人便把陈孚看到的这些土人唤做'辘轳首'。也有人说，这是一个叫做老挝国的地方的事情。

"到了太和十年，昆山费信随三宝太监出使南洋诸国，回到中土后把自己的所见所闻写成了《星槎胜览》一书。他在书里说：占城国人，有头飞者，乃妇人也，夜飞食人粪尖，知而固封其项，或移其身，则死矣。据说连他自己也曾亲眼见过这类怪人。后来郎瑛编《七修类稿》提到此事，据他考证，占城正接于安南之南，而老挝，则正接于安南西北。"

滕六郎道："苏大公子果然博学多闻。如此说来，陈孚的所见，很可能正与费信相同。那，落头民也好，辘轳首也好，大约都是真有其事了？"

苏妄言苦笑道："落头民和辘轳首是不是真有其事我不知道，我只知道，外面有个'无头刑天'倒是千真万确的事情……"

马、王二人都没有说话，脸色阴晴不定，也不知信还是不信，只是却都不敢再去开门，好一会儿，才慢慢各自退开了。

一时众人都没有说话，彼此面面相觑，心怀各异。安静中，忽听得苏妄言哈哈一笑。滕六郎笑问："苏大公子何事发笑？"

苏妄言闻言又是哈哈大笑，末了，慢悠悠地道："我笑这屋檐底下的人，除了滕老板，大约竟没有一个知道自己为什么会在这里。"

韦长歌闻言心中一动，马、王二人也是脸色陡变。

滕六郎神情自若，掸了掸衣上灰尘，这才缓缓开口："诸人各有因果，自己尚且不甚明了，旁人更加如何得知？"语罢一笑。

苏妄言一怔，只觉这面黄肌瘦的中年病汉，一笑之间，无端竟透出些雍容气度。

滕六郎视线慢慢扫过众人，从容笑道："苏大公子，在下幼时曾习得观人之术，难得有机会，今日便请为君一试，聊以消遣长夜，可好？"苏妄言笑道："求之不得。"

滕六郎道："寻常术士，观人先观衣貌，次观气宇，再观言行，再观眼眉，所言或八九不离十，实则不过深谙世道，巧舌如簧罢了。在下这套观人之术，却与寻常术士不同，名为观人，实则观心，只需看人一坐一动，则大可知人天性肺腑，小能查人心事烦恼。"微微笑笑，抬手指指众人，道："苏大公子，你看到这屋里众人所坐的位置了吗?"

他说了这话,不光苏妄言,其余几人也都忍不住转头打量着各自的位置。屋里六人,除却睡在地上尚未苏醒的那人,滕六郎悠然坐在灯下,苏妄言坐在距他几步之外,韦长歌靠着苏妄言落座,位置在苏、藤两人之间,王随风盘腿坐在不远处的地上,马有泰独自抱胸站在窗下。

滕六郎笑道:"苏大公子,方才我请各位落座,你虽然疑我,却还是毫不犹豫坐到我旁边,你不怕我突然发难,是天性洒脱,是艺高人胆大,还是自恃有倚仗? ——苏大公子,你嘴上总说什么'负心多是读书人',其实对韦堡主这个朋友,你却实在是放心得很的!"

苏妄言悚然一惊,紧抿嘴唇。

滕六郎接着道:"韦堡主,你对我的疑心,比起苏大公子,只会多,不会少,偏偏这么多人里数你坐得离我最近,为何?只因苏大公子坐在这里——你知道苏大公子心思灵巧,却不够细腻稳重。你怕他吃了我的亏,着了我的道儿,所以特地坐在我和他之间,以防万一,是不是?嘿,嘿,韦堡主,你对朋友真是没的说,叫人佩服。"

韦长歌笑道:"好说。"

滕六郎赔着一笑,顿了顿,目光落在王随风身上:"王大先生是坦荡之人,你对眼下的情况虽有疑虑,却不疑心韦堡主、苏大公子和我。可是,你方才跟我们一样坐在棺材上,丝毫不以为意,现下却远远坐开一边,不敢靠近这屋里的棺材、骨灰,这是为什么?你

是大名鼎鼎的剑客，剑下亡魂无数，若说像你这样的人会怕死人，我是万万不信的。王大先生，你为何害怕？你又为何先前不怕，偏偏听了那无头尸的故事就怕了？你想到了什么，才这么害怕？"

王随风面沉如水，嘴唇微动，却一个字也说不出来。

滕六郎冷笑一声，振衣而起，缓步而行。

"马总镖头方才说自己是粗人，也恁地谦虚了。照我看来，马总镖头是粗中有细，精明得很呢——你推说晦气，不肯和我们坐在一处，其实你怕的不是晦气，你嘴上不说，心里早暗暗把其他人全疑心了。所以你一个人站在远处，连坐都不肯坐，就怕动手的时候，会慢了那么一刻半刻！"

马有泰脸色铁青，片刻回道："小心驶得万年船，人在江湖，总是谨慎些的好。韦堡主、苏大公子，二位休怪。"

滕六郎已接着道："不错，人在江湖，总是谨慎些的好，马总镖头这番心思，我明白，韦堡主自然也明白。马总镖头，我只想问问，你和王大先生隔得那么远，是为什么？你们都是稀里糊涂被人装在棺材里送到这儿来的，正所谓同病相怜，任何人到了你们的境地，想必都有许多话要问对方，可你和王大先生，为何彼此间连话都不说一句？你们二人明明交情匪浅，为何却偏要装出一副毫不相干的样子来？"

马有泰、王随风二人闻言皆是脸色大变，彼此对望了一眼，又急速挪开了视线。

滕六郎默然一笑，也不再问，随手拿起一把银剪，将壁上油灯的灯芯剪去了一截，悠然回身，向苏妄言道："苏大公子，你看在下这观人之术，可还过得去吗？"

苏妄言强笑了笑，道："神乎其技，妄言佩服。不过有个问题，想请教滕老板——听滕老板刚才的话，连在下的口头禅都一清二楚，倒像是早就知道我们几人的底细了。恕我眼拙，竟看不出阁下是何方高人？怎么会认得我们？"

滕六郎淡淡道："生意人自有生意人的门道，何况几位都是江湖上鼎鼎大名的人物，滕六若一味装做不识，反倒矫情了。"

说着闭了眼睛，自顾养神，显是不愿再说下去。

余下几人或疑或窘或惊或怕，一时都只默不作声。

不知过了多久，突听一旁有人细细呻吟了一声，几人一起回头，却是地上那老头不知何时已醒了，正坐在地上四处张望，茫然问道："这是什么地方？我怎么在这里？"

马有泰一个箭步冲过去，拽住那老头领口，喝问道："你是什么人？是不是你把我们弄到这儿来的？"

那人见了马有泰，却陡地瞪大了眼，一双混浊老眼像是要从眼眶里掉出来，用手指着马有泰，全身发抖，却一个字也说不出来。

马有泰一怔，手上力道不由得松了："你指着我干什么？"

那人只是不住发抖，半晌道："我……我这是在什么地方？你，你怎么会在这里？"马有泰怔道："你认识我？"

他话才出口，那老头已直直跳了起来，如离弦之箭，直扑向店门口，竟敏捷得不像个老人。众人皆是一愣，也不知该不该拦他。

便见他拉开门，直奔到雪地里，也不知看到了什么，突然就全

身筛糠似的颤抖起来，脚下一软，跪倒在雪地里，喘息良久，缓缓回头望向屋里众人，又猛地跃起，砰地一声关上了大门，跌跌撞撞地奔了进来。一进屋，不言不语，蜷着身子就地坐下了，脸色煞白，不住发抖，眼神又是呆滞又是绝望，明明白白写着"惊骇欲绝"四个字。

王随风和马有泰对望一眼，沉声问道："阁下是什么人？"

那人像是没听到，只是不住大口喘气，嘶声道："是来归客栈！是来归客栈！我怎么会在这里……我怎么会在这里……"

王随风皱着眉道："怎么，你也不知道自己是怎么到这儿来的？"

老头目光陡地直射向他。王随风竟不由自主倒退了一步。

良久，那老头深吸了一口气，目光在他脸上绕了一圈，又看一眼马有泰，埋头惨笑道："张大侠，李大侠，多年不见，别来无恙？"

便听一声巨响，却是马有泰踉跄着倒退了几步，仓皇中，用力过猛，竟把身后一口棺材的棺盖撞到了地上，发出砰然一响。

韦长歌不动声色瞄向王随风。

那王随风竟也是一脸的震惊，猝然起身，跃到马有泰身旁，和他并肩而立。马有泰脸色发青，站在原地，一动不动，半晌颤声道："你……你叫我什么……"

那人苦笑道："李大侠，真是贵人多忘事，莫不是忘了我这老朋友了吗？唉，你和张大侠好吃好喝，二十年了，样子还一点没变，我第一眼，就认出你们了。哪像我赵老实，天生的穷命！这么多年，就没有过一天的好日子，也难怪你们认不出我……"他说到"张大侠"时，王随风肩头一震，竟也止不住地发起抖来。

马有泰突地跃前，伸手扼住赵老实脖子，阴森森地道："你这该死的老家伙，胡说些什么！我知道了，必是你做的手脚！说！你把我们弄到这里来，到底想干什么？"赵老实被他扼得呼吸艰难，面红耳赤，两手不断在地上乱抓，挣扎不已。

韦长歌皱起眉头，正要上前制止，旁边早有一人冲出来拉住了马有泰。王随风拉开了马有泰，却只是脸色发白，颤抖着声音问道："你告诉我，这里……这里……到底是什么地方？"

赵老实伏在地上，咳了半天才缓过来。

他用手撑着身体慢慢坐起，喘着气，嘿嘿惨笑道："原来你们还不晓得这是什么地方？你们竟不晓得这是什么地方？哈哈，张大侠，二十年前，你就是在这地方跟我说'赵老板，我是来给你送银子的！'张大侠，你现在可知道，这是什么地方了？！"说到末尾几个字，声音凄厉无比。

王随风呆若木鸡，好半天，才呻吟似的喃喃问道："来归客栈？这里……这里是长乐镇……来归客栈？！"滕六郎讶然笑道："不错，正是长乐镇来归客栈。区区小店，王大先生是如何知道的，莫非以前也曾在这里住过店吗？"

便见王随风额上冷汗涔涔而下，面上神情，竟如遭雷击一般，一转头，却看向马有泰——他二人从被韦长歌、苏妄言救醒一直不肯正视对方，此时，却默契似的对视了好一会儿。

马有泰目光闪动，微微点了点头。

就在那一瞬间，两人几乎同时奋起身形，扑向门口。

韦长歌和苏妄言若有所悟，便只是静观其变。

果然，但见眼前一花，一道青影掠过，眨眼间已站到了马有泰和王随风面前——身法之快，令人瞠目；身形优美，若回风舞雪。

马、王二人也不商量，一个飞快地右跨一步，一个往左一闪，分别从那人两侧穿过，又扑向门口。那人面带笑意，脚下微动，不管他们怎么腾转挪移，始终挡在二人面前，马、王两人竟是一步不能向前。三人来来去去，直看得人眼花缭乱。

马有泰和王随风又惊又怒，又同时往后跃开丈许。马有泰喝道："滕老板，这是做什么？"滕六郎当门而立，森然一笑："王大先生、马总镖头，二位忘了吗？这镇上有杀人的鬼，天黑之后，可不好出门。"

马有泰厉声道："脚在我身上，我要出去，与你何干？！"

滕六郎森森道："既要住店，就得守我的规矩。"

马有泰怒道："好，我不住便罢了！"

滕六郎这次竟不阻拦，往旁让了一步："规矩说清了，客人要走，那我也就不留了。不过二位记住，出了这门，可就不能回头了。"一边说，一边径直走回来坐下。

马、王二人皆是一愣，脚下便慢了一步。

便听一旁有人颓然叹息，道："李大侠，这道门确实出不得。"

——说话的，却是赵老实。

马有泰厉喝道："为何出不得？！马某今日偏要出这道门，倒要看看，谁敢拦我！"

赵老实疲惫一笑，伸手抹了把脸，低声道："你不怕活人，难道连死人也不怕吗……"

马有泰一震，不由得反问道："什么意思?"

赵老实飞快地看了滕六郎一眼，深深吸了口气："他，他没骗你……这镇上，真有没头的尸体四处杀人……你若遇上他，就走不了了……"

马有泰冷笑一声："什么活人死人的，人没了头，就是死了。死了的人还能做什么?! 你们当我马有泰是三岁孩子，这般好骗吗?"

赵老实默然片刻，长叹一声，道："李大侠，你当真不知道你为什么被带到这里吗?"

他此言一出，马有泰便是一愣，片刻方道："我什么都不知道，也不想知道! 总之我现在就要出去。王大哥，你走不走?"

他既已认了与王随风是旧识，便连称呼也变了。

"我可是清楚得很哪，"赵老实涩涩一笑，他声音本来苍老，此时刻意压低了嗓子，听来更是阴森森的可怕，"我虽然不知道自己是怎么来的，却知道自己为什么在这里……我一见你们，就全明白了……"马有泰、王随风只是默然不应。

滕六郎正襟危坐，冷眼看着他们三人，眼中淡淡露出点嘲意。

赵老实惨然道："张大侠，李大侠，你们要走，是要走去哪里? 你们既然已经到了长乐镇，还当真以为自己能活着回去吗?"

好半天，王随风几不可闻地叹了口气，终于慢慢走了回来。

马有泰站在门口，像是一时间不知进退，只呆呆看着王随风和赵老实。

王随风走至赵老实身前，席地坐了，顷刻间像是已老了好几岁，涩声道："赵老板，好久不见了。"——却是认了刚才赵老实说的话。

韦、苏二人交换了个眼色，不声不响，只听他们几人说话。

王随风叹道："我现下可总算明白了……原来如此……真没想到，事隔二十年，我们居然还有再见的一天……"摸了把脸，抬头道，"韦堡主，我想请教你一件事——你和苏大公子，当真是偶然路过这里的?"

苏妄言眨了眨眼，不等韦长歌回答，正色道："实不相瞒，我们并非路过，乃是特地从锦城赶来的。这其中的来龙去脉，我想王大先生、马总镖头还有赵老板，一定都很有兴趣知道。不过，我倒是想先听听看，你们几位为什么会在这里?"

那三人不约而同都是一阵沉默，谁也不肯先开口。好一会儿，还是赵老实挠了挠头，苦笑道："这件事，要从二十年前说起。"马有泰猛地转头看着赵老实。王随风却摆了摆手，叹道："事已至此，马老弟，你就让他说吧!"

赵老实凝神想了好半天，才慢慢道："二十年前，我是这间来归客栈的老板。那时候，这大堂里摆着的可不是棺材。那时候，这里前面摆着桌椅，中间用一道墙隔开，后面是伙计们住的大通铺，楼上还有整整十间客房。这间客栈是我爷爷留给我爹，我爹留给我的，到我手上的时候，已经整整经营了四十年了。"

想起当时的情形，他叹了口气，神色黯然，微微一顿，低声道："事情一开始，是客栈里来了一对夫妻。"

五.

夜叉

　　花弄影轻轻地转过了身子。只见那条红线从她背面脖子上，一直延伸到正面，不多不少，刚好整整一圈！

　　刹那间，赵老实只觉脑子里轰的一声响，就只剩下一片空白——他终于明白那根红线是什么东西！

事情一开始，是长乐镇上来了一对年轻夫妇。

那一整个冬天，来归客栈的生意都不太好，就连天气也都是格外的冷。客栈本来有三个伙计的，因为生意不好，也辞退了两个。到腊月初八，已经接连好几天没有客人上门了，赵老实闲得没事，盯着伙计桌子凳子擦了又擦，实在无聊，就靠在柜台上打盹儿。

睡得迷迷糊糊的当儿，就听到门口来了辆马车。

赵老实听到动静，来了精神，直起脖子看向门外。

那马车一停，下来的是一男一女。

赵老实见生意上门，正想上去招呼，但才一站起来，平日里说惯了的恭维话奉承话就统统堵在了喉咙口上，只是看着那女人动弹不得，就连男人叫了他好几声都没听见。

女人身材高挑，幽瞳雪肤，殷红的双唇几乎能摄了人的魂魄去。她肤色白皙，又穿着一件红色的斗篷，更是衬得整个人说不出的好看。

女人进了客栈，脱掉斗篷，里面竟又是一身的红衣红裙！领子高高的，严严实实，直扣到下巴上。赵老实和伙计见了，都是目瞪口呆。他经营客栈多年，来来往往的客人见了许多，还真没见过这么喜欢红色的人！

两人虽然觉得奇怪，却也不由得魂荡神驰，只觉这女人一身红衣红裙，真是再美不过。

那男人叫了好几声，赵老实才慌忙回过神来，踢了伙计一脚，赶着上去生火上茶。

他到这时方才注意到，这男人气宇昂藏，也是个顶尖儿的漂亮人物。他一手提了把长刀，一手执着那女人的手，两人并肩而立，正是神仙眷侣似的一双璧人。

男人要了一间上房，要了几样小菜，和女人坐到靠墙的一张桌旁。女人带了一个极精致的鸟笼，吃了几口菜，就放了筷子，喂那笼中的一只小鸽子。她从进了客栈的门，脸上神情就始终冷冷的，店里的一切，瞧都没有瞧一眼，但这时微微低着头，神情却又说不出的温柔。

那男人见了，笑了笑，把鸟笼提开了，搁在一边，又把筷子塞回她手里。女人这才又慢慢地吃了几口。男人的样子开心极了，但自己却像是又忘了吃饭，只顾着给她夹菜倒水，笑着看她，样子温柔至极。

就在这时候，外面又是一阵马蹄声。

跟着，就进来了一个少女。

这骑马来的少女一身的鹅黄衫子，背着长弓，竟也是个大美人！只是先前那女子，虽然纤弱袅娜，叫人怜惜，但不知为何，总有种挥之不去的冷酷。这后来进门的少女，容貌娇艳，娇艳妩媚里带了几分英气，看来倒极是天真洒脱。

赵老实假意算账，只在柜台后偷看。

便看那少女站在门口，迟疑了一会儿，也走到那对男女那一桌，在那女人对面坐下了。那女人容色不变，不知怎的，却忽然就生出一种凌厉之感。她放了筷子，低声说了句什么，就和那男人一起站起来，向楼上客房走去。

那少女仓皇起身，站在楼梯下仰头望着他们，像是有些不知所措。

那男人回头看了她一眼，嘴唇动了动，眼神像是有些无奈，却还是扶着那女人上楼去了。

这天晚上，这三个人都在客栈里住下了。先来的一对男女想是夫妻，合要了一间房，后来骑马的少女独自住了一间房。

客栈里一日之内，竟来了两个这样出众的美人，却是前所未有之事。这一夜，非但赵老实睡不着觉，就连平日里总是倒头就睡的伙计也在铺上翻来覆去折腾了半宿。

赵老实睡不着觉，到了半夜里，还听到楼上那对夫妇房里不时传出动静来。他先还以为，少年夫妻，又都是一等一的人物，也难怪如此，但仔细听听，却原来是在争执什么。好不容易到了第二天早上，那男人一个人下了楼，

那少女却早已起来了，叫了一个馒头一碗稀粥，坐在火炉边吃饭。

她见了那男人，就要站起来，但不知想到了什么，却还是坐下了，神色落寞，怔怔地望着地面。

男人叫住赵老实，说："老板，今天我夫人身体不大舒服，我们要再住一天。"

那少女想也不想抬头道："老板，我也再住一天！"

男人听了，回头看向她。

少女咬着嘴唇，样子倔强极了。

男人看她半天，不忍心似的，低低叫了声"凌霄"。

"凌霄!"

赵老实说到此处，韦长歌和苏妄言不约而同惊呼了一声。

呼声未绝，一旁王随风和马有泰已同时霍然起身，异口同声地问道："韦堡主认识她?!"

韦长歌和苏妄言对望一眼，只看彼此脸上，都是疑虑重重。

韦长歌敷衍似的笑了笑道："说来话长，一会儿再细说吧。"

马、王二人心头暗惊，却还是只得坐下了。

赵老实抹了把脸："应该是这名字没错，反正大家都管她叫凌大小姐。"

苏妄言又问："那先来的那对夫妇又是什么人?"

"那男人姓骆，跟他一起进门的是他夫人，姓花，人家都叫她骆夫人。我后来才知道，原来，他们夫妻二人在武林中都是大大有名的人物。"

苏妄言诧道："那男子姓骆，夫人姓花，都是武林中的有名人物?"

侧头想了想，脸色一变，脱口惊道："那女人爱穿红色衣服，难道竟是飞天夜叉花弄影? 那男子，莫非是骆西城?"说完了，不由得转头看向韦长歌，韦长歌脸色也是微变，两人却是都想起了方才镇外那个裹在红色斗篷里的女人。

韦长歌皱了皱眉。

"江湖上都说，当年萧山庄一战骆西城和花弄影一起葬身了火海，难道这两人竟没有死? 他们一个是声名赫赫的侠客，一个是满手血腥的飞天夜叉，且骆西城与花弄影又有杀父深仇，这两人，倒是怎么会结成了夫妇的?"

王随风轻叹一声,颓然道:"韦堡主,我虽不明白他们怎么会结成了夫妇,但那对夫妇,确是骆西城和花弄影没错。"

赵老实点头道:"不错,我的确是听人叫她花弄影,不过飞天夜叉什么的,我就不知道了。好好的一个美人儿,怎么会是夜叉呢?"

苏妄言神色微妙,半晌才道:"赵老板不是江湖中人,这一段往事,自然是不知道了。多年前,大沙漠里曾有一座水月魔宫,花弄影就是水月宫主花战的女儿。相传她轻功极佳,能与天上飞鸟并行,又最是美貌,总是一身的红衣红裙。花战对这个女儿大是得意,就送了她一个飞天夜叉的别号。

"水月宫行事狠辣,常常无故杀死沙漠上的商旅路人,若是有人得罪了其门人弟子,水月宫不问对错,六个月内一定会杀了这人把尸首吊在城楼上示众。种种手段,令人发指。所以有一年,中原大侠萧世济邀了二十六个门派还有数十位江湖上的一流高手,远赴戈壁,血战七天七夜,终于杀了花战和他儿子,剿灭了水月魔宫。

"水月宫一役中,出力最多的就是骆西城——这位骆大侠是一代奇侠,一身武功深不可测,为人侠义,冰雪肝胆,最难得是智谋过人。水月宫一战便是他用计困杀了花战,中原武林才能大胜而回。

"花战死时,花弄影不在水月宫内,等她得到消息赶回大沙漠,萧世济等人早已回了中原。于是没多久,花弄影便只身到了中原,要为父亲兄弟报仇。她一入中原,便是一场了不得的腥风血雨!凡参与了那次行动的门派、侠客,她都一个一个找上门去报仇。

"她虽是女子，但武功胆略都不在人下，短短两三年间，便有七个门派被毁，十四位高手被杀。中原武林被她闹得天翻地覆，一时间风声鹤唳，人人自危。飞天夜叉花弄影从此便是无人不知，无人不晓了。萧世济知道迟早花弄影会找上门来，便决定先发制人。他聚齐了中原武林的高手，发了一张战帖，遍传天下，邀她于那年中秋之夜，到萧山庄，和天下英雄决战。"

赵老实听得入神，嘶哑着声音道："一群大男人欺负人家一个女流之辈，算什么天下英雄！骆夫人当然不会去了！"

苏妄言摇了摇头："不，花弄影去了。"

转头看向王随风和马有泰，笑道："要是我没记错，王大先生和马总镖头似乎也参加了当年那场恶斗？"

王随风叹道："不错，我和马老弟都去了。说起来，那晚在萧山庄的事，还和后面发生的事大有关系……"

马有泰眯着眼睛，不知是不是想起了当日光景："那天晚上，虽是中秋之夜，却没有月亮，绵绵地下着秋雨。

"我们一早安排好人手，埋伏在各处。又熄灭了灯火，四处一片漆黑。可以说是天罗地网，只等她送上门来。大家虽然觉得这么做未免有失正道身份，但花弄影手段厉害，不是她死就是我亡，生死关头，也就顾不得那么多了。

"我那时在江湖中刚闯出点儿小名头，初生牛犊不怕虎，自告奋勇跟着陈总镖头到萧山庄帮忙。那晚，我奉命和其他门派的年轻弟子，一起伏在各处屋顶，监视上山的道路，若是花弄影来了，就发信号示警。"

说到这里，他情不自禁地叹道："也亏得如此，那天晚上我才能保住这条小命……

"当晚，一直到戌时三刻，花弄影还没有现身。我们都以为她是怕了中原群雄，不敢来了，不免有些失望，却也忍不住打心底松了口气，渐渐就从埋伏的地方出来，三三两两走到大厅里。萧世济便让人掌灯，又让人去准备酒菜。

"我趴在又湿又冷的屋顶上，心里不由得窝火，只想着：你们吃香喝辣，倒叫老子在这里受罪，一会儿飞天夜叉来了，看你们还怎么吃！

"旁边屋顶上，有个人也忍不住了，大声道：'师父，飞天夜叉这时候都不来，怕是不会来了，我们师兄弟也撤了吧！'

"便听众人商议了一番，萧世济道：'今夜辛苦各位了，都下来喝口酒，暖暖身子吧！'旁边屋顶上那些年轻子弟们，便都纷纷有说有笑地站起来。

"我一听之下，大是高兴，便要站起身来。正在此时，却听不远处有人沉声道：'不能撤。'他声音不大，偏生却能让场中众人都听得清清楚楚。我一怔，就没动弹。循声望去，离我两三丈外的地方，依稀有个人影，也和我一样，一动不动地伏在屋顶。那时候，我的武功，在镖局中也算数一数二的了，但这人一直待在离我这么近的地方，我竟连他是什么时候来的，都不知道。

"那人说了这句话之后，众人都是一静。萧世济客客气气地道：'骆大侠有何高见？'我这才知道，原来屋顶那人就是骆西城骆大侠！想到这么冷的雨，以他的身份，却一直和我们这些年轻弟子一

样埋伏在屋顶，连动都没动过，不由得大是佩服！

"骆西城却只说了一句：'她会来。'

"地上顿时就跟炸了锅一样，众人乱纷纷地讨论起来。屋顶上，也到处站着不知所措的年轻一辈弟子。

"我也是一时好强，见骆西城一动不动，也就强忍住了没动。就在这时候，我突然发现山庄外的路上忽然出现了一个人影！

"那是一个女子，身材纤弱，一身的红衣红裙，撑着一把油纸伞站在那里。正微微昂着头，看过来。"马有泰道，"我不由得大是骇然——那个红色的人影，真就是眨眼间就出现在那里了！竟像是生生凭空冒出来似的！我还以为是眼花，眨了眨眼，再看时，竟是连她的长相外貌都已经看得清了！

"怪得很，明明这女子每一步都是慢悠悠地迈出来的，但，不过转瞬之间，那冷冰冰的脸孔就到了跟前。我还没来得及出声示警，她身形微动，一蹿就上了屋顶，在夜雨中不断腾挪，起跃间，竟像是牵着一条红线，又像是连身影都连成了红色的一片，便只听各处屋顶上一片惨呼惊叫之声。除了我和骆西城始终伏在屋顶上没有动弹，其他的人，竟已死伤无数！我看到这样的情境，只吓得动弹不得，更别提现身出去和她打斗了。"

马有泰说到此处，面上略有尴尬之色。咽了口唾沫，又慌忙加了一句："不过那也已经是二十多年前的事了——那时候我学艺未成，阅历也不足，所以变乱之际，难免会有些惊慌失措。"

马有泰把拳头放在嘴前轻咳了一声，讪讪道："不过那花弄影一身的好轻功，人又美貌无比，亲眼见过了，才知果真不负'飞天'

之名。"

王随风苦笑道:"我倒觉得,这'夜叉'二字搁在她身上才真是名副其实……我那时也是初出茅庐,那天晚上,我和两位师兄奉命躲在假山背后。骆西城说花弄影会来的时候,我一只脚已经迈出去了,只是听我师父没有出声,害怕被他老人家斥责,才又犹豫了一下。就这一念之间,外面就乱了起来。院子里到处都是惨叫声、呼救声、兵刃相击声,还有大厅里那些帮主、掌门喝问外面弟子出了什么事的声音。灯还没来得及点亮,院子里黑糊糊的,一时间,谁都不知道到底发生了什么事情。

"只听见混乱中,有人喊了句'花弄影来了!'于是外面就更乱了。好一会儿工夫,我和师兄都慌了神,你看我,我看你,不知道该不该出去。什么东西飞了过来,啪的一声落在地上,我拾起来凑近一看,竟是一只血淋淋的断手!结果那晚,我和我两位师兄到最后还是没有出去,从头到尾,就一直躲在假山后面……"

韦长歌道:"我只听人说萧山庄一役,花弄影受了重创,最后和骆西城等一众高手一起葬身火海,玉石俱焚了。既然王大先生和马总镖头亲见了那晚的经过,难得有机会,就请二位说来听听吧!"

那二人对视一眼。

王随风道:"我在假山后面所见有限,还是马老弟你来说吧!"

马有泰点头应了,回想了片刻,道:"之前的情况便和王大哥说得差不多。花弄影突然现身,大家都张皇失措,被她杀了个措手不及,事先设下的埋伏统统没了用处。

"一阵混乱后,好一会儿,才有人掌起灯来。花弄影就站在院中，一身红衣，竟半点没有沾湿，手里也依旧撑着那把伞，只是伞面上已沾满了血迹。此时厅内众人一拥而出，将她围在中央。花弄影人长得好看，声音也十分好听，便像是许多上等的玉石撞在一起，又清又脆。她正眼也不瞧那些人，只仰着头，凝望着天上的雨丝，冷冰冰地说了句：'花弄影来赴十五之约，未知天下英雄安在？'

"她这话，明明白白，是把在场的众人都小瞧了。当时便有许多人鼓噪起来，要上前拼斗，花弄影只是冷笑，全无半点惧色。萧世济大笑着从厅里大步走出来，说：'飞天夜叉果然名不虚传。不过花小姐，今日萧山庄聚集了天下英豪，若真要动手，你就是有三头六臂通天本领也休想能活着出门。只不过花小姐是晚辈，又是女流，我们这么多人，都是赫赫有名的人物，传出去，没的倒叫人笑话我们倚多胜少了。'

"花弄影冷哼道：'好个有仁有义的中原大侠，你想怎么比，画出道来就是了。'

"萧世济打了个哈哈，说：'既然这样，我来出个主意，就由今日在场的众位英雄公推七位高手出来和你比试，你若赢了四局，萧某便做个主，由得你出门；你若输了四局，便得心甘情愿任由我们处置。这法子，诸位可有意见吗？'"

苏妄言冷笑道："萧世济号称中原大侠，行事却如此阴险。街头上流氓少年斗殴尚且还知道公平二字，他这法子，却是表子里子一起占了。"

马有泰点头道："苏大公子说得有理。他选出七个中原武林的一流高手与花弄影赌斗，自己不伤一兵一卒，便照样能制住花弄影。花弄影就算侥幸赢过四局，必然也已是身负重伤，就是活着出了门，日后也绝逃不过仇家的追杀。我当时在屋顶上，听了这话也有些不是滋味，便转头去看不远处的骆大侠——我那时，也不知是怎么想的，倒像是盼着他能出声制止似的——我一转头，只见方才那地方空空荡荡，骆大侠不知何时已不见了。我把地上众人一个个看过来，却始终不见骆大侠的影子。

"这时候，花弄影已一口答应了萧世济。她虽然是个弱不禁风的女子，动起手来却是半点不让人。各门各派的高手轮番上去与她车轮战，华山派掌门许流云、太湖十八水寨总瓢把子周自横、铁刀门刑堂堂主雷战，这三个一流高手都被她立毙于剑下。那三场比斗，真是精彩绝伦，旁边观战的武林中人，一个个看得连大气都不敢出。直到第四场上，花弄影方才中了一掌，输给了乱石穿空范老爷子。她重伤之下，第五场、第六场，便也都落败了。

"到第六场结束，花弄影已经全身都是伤，她盘腿歇息了片刻，一跃而起，道：'下一个谁上？'那时候，我看她脚底虚浮，脸色苍白，已经是强弩之末。大约在场众人随随便便出来一个，也都能杀了她。但场中众人畏她骁勇，竟半晌没人应声。萧世济道：'最后一位，便由……'

"话没说完，突然有人扬声说了句：'我来！'我循声一看，竟是骆西城一蹿到了场中！我呆了一呆，完全没有料到，以他的武功名望，竟然也会乘人之危来捡这便宜，不由得生了些鄙夷之心。"

马有泰顿了顿，接着道："但萧世济见了是他，却放了心，笑

道：'也好，就辛苦骆兄一趟吧。'

"骆西城微微一笑，走到花弄影面前。花弄影问：'是骆西城骆大侠吗？'声音竟有些发颤——唉，她原是个花一样的女子，眼见得命在顷刻，要她全不在乎，那也太难为人了——骆西城道：'正是在下。'花弄影笑了笑，说：'能死在骆大侠手上，飞天夜叉也不算委屈了。'

"以她父亲花战之能，尚且不能取胜骆西城，何况此时正是她油尽灯枯之时？两人才过了十来招，骆西城的刀就架在了她脖子上。周围众人便都哄然叫好，一个个得意洋洋，倒像是自己亲手制伏了花弄影一般，只道骆西城立时就会手起刀落，取她性命。

"就在这时，骆西城却低声对她说了句什么，花弄影听了，半天没有作声，却突地一缩身子，往大厅里疾射而出。事出突然，众人不由得都是一愣，便看骆西城追着她进了大厅。众人一愣之后，也都纷纷跟了进去。我正抬起身子，想要看得清楚些，便听轰的一声，从大厅那边传来一声巨响，熊熊大火顷刻之间就烧了起来，只听见一声又一声的哀号惨叫，多少呼风唤雨的大人物都被吞进了那火海里！

"剩下的人一拥而上前去救火，那晚下着点小雨，风也不大，却不知道为什么，火势竟是越来越大，好容易天亮时扑灭了大火，却是半个萧山庄都已成了灰烬。火场里虽是发现了好些骸骨，却都烧得无法辨认了，也弄不清究竟哪个是花弄影，哪个是骆西城。"

苏妄言道："骆西城究竟跟花弄影说了什么？"

"我不知道。"

马有泰摇了摇头，想到什么，困惑似的道："其实这些年来，我心中一直有一个疑问——以骆西城的修为，那天晚上，他一定比我更早发现花弄影上山。他当时若是立刻出手，何至于葬送了那么多人的性命？就算他来不及出手，也绝不至于像我一样，连出声示警都做不到……那个时候他在哪里、在做什么，又为什么不出手？"

王随风感慨道："谁知道呢？只是那以后，江湖中就一直没了两人的消息，于是江湖中便都以为他们俩已经死在火海里了。我也是直到那一次，才知道他们活着，不但活着，还结成了夫妻！"

苏妄言反问道："哪一次？"

王随风和马有泰对看了一眼，王随风疲惫地叹了口气，道："还是请赵老板来说吧！"

赵老实呆了一呆，搔了搔白发，想了半天，才又接着道："骆夫人美是美，却总是冷冰冰的，躲在房里不见人。那位凌大小姐，凡是长了眼睛的人，都看得出她喜欢那位骆大侠，只不过骆大侠总是躲着她。这几人虽然怪怪的，出手却都很是阔绰，我便巴不得他们能多住些日子。

"这一日黄昏，骆大侠和凌大小姐一起出了门。骆夫人就叫人给她备水洗澡……"

赵老实说到这里，便停住了，好半天，都不再往下说。

苏妄言正要开口催促，滕六郎已道："后来呢？"

赵老实眼珠乱转，神情古怪，张着嘴却不说话。好一会儿吞了口唾沫，一开口，却道："那位骆夫人，真是漂亮！真是漂亮！所以他们夫妇说要住店的时候，我就把他们带去了楼上的寅字号房。"

他搔了搔白发，像是又不知道该怎么接下去，深吸了口气，解释道："寅字号房，是楼上左边第三间，在丑字号房的隔壁。"

他突然说出这句话，几人都是不解，却也只好耐着性子等他说下去。

赵老实道："丑字号房的墙壁上，有一个小洞——"

苏妄言一怔，旋即明白过来，这才知道他为什么支支吾吾不肯说下去，不由得转过头，和韦长歌相视一笑。

丑字号房的墙上有一个小洞，正好可以看到隔壁的寅字号房。

赵老实这人其实并不老实。

每次有年轻漂亮的女客在来归客栈住店，他总是让她们住在这间寅字号房里。这一次也是一样，他乍一见到花弄影，就已是神魂颠倒，所以骆西城夫妇说要住店的时候，赵老实立刻亲自把他们带去了这间寅字号房。

头一个晚上，他也像平时一样，躲在丑字号房偷窥。但那天夜里，花弄影却是和衣而睡，赵老实什么也没有看到，但他心里却越发痒痒了起来。所以这天黄昏，骆夫人让伙计给送水的时候，赵老实就知道，自己遇上了难得的好机会。

他一边忙不迭吩咐伙计送水上楼，一边悄悄溜进了丑字号房。

当赵老实往寅字号房看去的时候，屋子里都是水气，衣服什么的，都扔在一边，花弄影就在浴桶里洗澡，正好背对着那小洞，赤条条地坐在桶里。看到她雪砌似的玲珑身子，赵老实几乎连魂都要飞了，他一个劲儿趴在那小洞上，怎么也看不够。

就在这时候，他发现，女人雪白修长的脖子像是被什么东西缠住了。

那东西看起来像是一根极细的线，颜色血红，紧紧贴在女人的脖子上。

赵老实忍不住又凑近了些。

就在这当口，花弄影轻轻地转过了身子。只见那条红线从她背面脖子上，一直延伸到正面，不多不少，刚好整整一圈！

刹那间，赵老实只觉脑子里轰的一声响，就只剩下一片空白——他终于明白那根红线是什么东西！

那其实根本不是什么红线！任何人一看到这东西，就会立刻明白那是什么——那是一道伤口，只有砍了头的人脖子上才会留下的伤口！赵老实曾在洛阳城里看过几次斩刑，就更是对这种伤口印象深刻！

可既然头被砍了下来，又怎么还能稳稳当当地连在脖子上？砍了头，人自然就死了，但这个美丽的女人却分明还是活生生的，能走，能动，要吃饭，也会说话……

一时间，他脑子里乱纷纷的，就只看骆夫人从浴桶里站起来，叹了口气，举起右手，轻轻地抚摩着自己颈上的伤口——

赵老实说到这里，也就学着二十年前那位骆夫人的动作，用右手轻轻地划过自己的颈项。他学得极是传神，众人不由得都感到脖子上一阵凉凉的，仿佛被那女人的手抚摩着的，是自己的颈项……

骆夫人站在浴桶里，玉雕也似的手指，轻轻搭在那条红线上。

她突然侧了侧头，向着墙壁看去。

赵老实在墙的这一侧，才觉得有些不妙，女人冷冰冰的目光已

穿过墙上的小洞，直直地对上了他的眼睛，跟着，慢慢地一笑。

她本来美貌，这一笑，更是倾国倾城，但赵老实却只吓得魂飞魄散，脑子里一片空白，想退退不开，想叫叫不出。

花弄影一笑，跟着又回转身子，走出浴桶，裸着身子站在窗前逗笼子里的鸽子。

不知道过了多久，赵老实才被一阵"滴答、滴答"的声音惊醒过来，他只骇得一动也不能动，好半天，觉得脚面上湿漉漉的，战战兢兢低头一看，才发现是自己吓得尿了裤子。他心头略略一松，再壮着胆子看向隔壁，花弄影不知何时已不在房里了。

——寂静中，突然啪的一声响，客栈里的众人都狠狠吓了一跳，回头一看，却原来是桌上油灯的灯花爆开了，不由得又都松了口气。

"后来呢？"

苏妄言问。

赵老实瑟缩了一下："我挨了一吓，连滚带爬地下了楼，躲在床上瑟瑟发抖，每次听到脚步声，就以为是骆夫人来了。明明数九的天气，却身上背上全是汗！过了不知多久，我听见伙计在外面跟骆大侠打招呼，骆大侠像是心情不错，大声答应着，三步两步上了楼。

"我听到他回来了，也稍稍放了心，心想就是骆夫人要害我，她丈夫回来了，她也不能下手了。又想，不知道骆大侠知道不知道他夫人脖子上这道伤？他这么好的人，怎么会跟这么个怪物在一起？想来想去，倒忍不住同情起凌大小姐来——好好一个如花似玉

的姑娘骆大侠不爱，非要爱个不知道是人是鬼的怪物，这可不是叫人纳闷吗?"

赵老实说到这里，像是过了这么多年，还在为凌大小姐不平似的，微微叹了口气。

韦长歌微微一笑，慢悠悠地道："入我相思门，知我相思苦。长相思兮，长相忆，短相思兮，无穷极……其实就算亲身到了相思境地，又有几人能清清楚楚说出个因果缘由来呢? 所以'情'这一字，最是世上说不清、道不明之物，任你大智大慧大勇大圣，也是一般看不分明的。所谓情，于外，只在'无所适从'四个字，也因此让人千攒百度; 于内，便是紫玉成烟、章台故柳。可死而不可怨罢了!"

此言一出，座中一片默然。

稍顷，滕六郎竟拊掌大笑道："可死而不可怨、可死而不可怨——韦堡主这话说得再好不过! 当浮一大白!"

竟真的伸手提过旁边酒坛，拍开封泥，自己先干了一碗。

马有泰几人也不知在棺材里待了多长时间，又说了这许久的话，早已渴得很了，只是疑心酒里有毒，不敢先喝。此时看他先喝了一碗，登时都放了心，纷纷伸手倒酒。

苏妄言见他不露声色，病黄的脸上一抹顽皮之色却一掠而过，差点忍不住笑出声来，心道: 这人倒实在有趣，明知那几人渴了，偏装做不知道，非等人渴得狠了，才来这么一手，就算酒里真有毒，只怕也是叫人防不胜防。只不知究竟是个什么人物?

他顿觉此人大对脾性，不由得微露浅笑。

滕六郎转头见了，一怔，也回他一笑。

赵老实喝了酒，声音也大了些："他们明明两个人一起出去，却只有骆大侠一个人回来。伙计问起，他只说凌大小姐有事，晚些回来。又说他和骆夫人明早就走，让伙计结账。

"一夜就那么平安无事地过去了。第二天一早，伙计不见凌大小姐起床，开门进去一看，包袱行李都在，她人却不知道哪儿去了。骆大侠知道了，着急得不得了，二话不说，立刻出门去找她，直到夜了才回来，一进门，就问凌大小姐回来了没有。

"骆夫人也下楼来了。我看到骆夫人，心惊胆战，但她却仍旧一脸冷冰冰的，像是什么事都没发生过，只问骆大侠可找到人了没。骆大侠一边摇头，一边叹着气说：'凌霄性子倔，我怕她一时想不通，出了什么事，那可怎么办才好？'骆夫人淡淡应了一声。我这才壮着胆子上去，问他们还结账不结账。骆大侠说'不结了'，又对夫人说：'我实在不放心，还是等她回来再走吧？'夫人半天没说话，好一会儿，才淡淡地说了句：'那就等吧。我知道，你总是不放心。'骆大侠看了看夫人脸色，安慰道：'你也知道我为什么不放心。若不是凌霄，我也不能和你在一起。我感激她，她若有难，我就是拼了一死也要帮她；她若有事，我更是一生都不会安心。你别多想。'骆夫人看他一眼，只是微笑。"

赵老实看看屋中众人，惑道："你们几位说说，这三人的关系可不是怎地古怪吗——凌大小姐明明喜欢骆大侠，怎么还会帮着他和他夫人在一起？"

赵老实心惊胆战地又过了一夜。

自从那天之后，他一想到那个骆夫人就头皮发麻，再也不敢去想这女人有多漂亮、多诱人，只是巴不得他们快点离开。

但一早起床，拉住伙计一问，才知道凌霄还没回来，他知道这下骆家夫妇怕是还要留一天了，不由得暗暗叫苦，也不敢再待在客栈里，找个借口出了门，在外面闲逛到天黑，才从后门偷偷摸进了自己房间。

一进门，赵老实就被人从背后捂住了嘴。

赵老实起先以为是花弄影来找自己算账，吓得腿都软了，再一看，却原来是两个拿刀带剑的江湖客。

其中一人笑道："赵老板，别害怕，我叫张三，他叫李四，我们不是害你，是来给你送钱的！"从腰间摸出一锭银子塞在赵老实手里，放开了他。

赵老实也知道，什么张三李四必然不是真名，但名字虽是假的，手里的银子却是真的。他拿着银子，心里镇静了些，迟疑道："两位大侠，这是……"

张三笑着道："赵老板，我问你，你这里两天前是不是来了一对夫妇住店？"

赵老实点了点头。

张三又问："这两人什么模样，都叫什么名字？"一边问，一边拿出一锭银子来托在手上。

赵老实吞了口唾沫，好一会儿，飞快地伸手拿过了银子，把骆家夫妇来住店的经过老老实实都说了。

张三、李四相互看了一眼，张三又摸出一锭银子放在他手上，笑眯眯地道："劳烦老板上去看看，那位骆大侠和他夫人，现在在做什么？"

赵老实拿着银子，心里倒像是没那么害怕了，但要叫他自投罗网去见那骆夫人，却是打死也不愿意了！他忙赔着笑道："张大侠，李大侠，我方才听伙计说，骆大侠心情不好在房间里坐了一整天，他夫人在一旁相陪。这会儿，怕是还在房里坐着呢！"

李四笑道："我们也猜到了，不过想请老板再去打探清楚些。"

赵老实对花弄影正怕得要死，只是支吾着不肯去，却又怕把面前的张三、李四惹怒了，无奈之下，只得把那小洞的事说了出来。

张三、李四轻声商量了一会儿，张三笑道："请赵老板先在此休息一下。"说完点了他穴道，把他放在床上，盖上了被子，一前一后出去了。赵老实睡在床上，心中忐忑，等了许久，那两人才回来。

那叫李四的人解开了赵老实，一言不发，从腰间拿出一张银票放在他眼前。

赵老实看了那银票，只觉眼花耳热，心头狂跳不已，耳朵里擂鼓一样响。他也知道，这两人出手这么大方，一定是他做什么了不得的大事，但有了这么多银子，就是杀人放火又有什么关系？

好半天，赵老实才舔了舔干裂的嘴唇，嘶声道："张大侠，李大侠，你们要我做什么？"

张三笑着道："赵老板是爽快人，要请你帮忙做件小事，事成之后，还有一张一千两的银票等着你呢！"

赵老实深深吸了口气，重重点头："好！你们要我做什么？"

张三拿出一小包东西，道："骆西城一会儿会叫人送酒上去，你把这包东西分成三份，倒在三个酒坛里，然后一坛一坛送上去。第一坛放得少些，第二坛稍稍多一些，第三坛就可以全部放进去了。"

赵老实知道那包里装着的多半是什么毒药，不禁心惊胆战起来，但看看面前的银票，却还是鬼使神差地接了过来。

张三又道："你先送第一坛酒上去，骆西城必然叫你再拿酒上去，你就把第二坛酒拿进去。他要是还说不够，你再拿第三坛进去。"

赵老实紧紧攥了那包东西，哑着嗓子道："这个容易，我尽力就是了，只是他喝不喝我可就管不了了。"

李四听了，哈哈一笑："这个也不用你管，你按我们说的话，把酒送上去就行了，其他的事我们自然会在隔壁盯着！"

赵老实勉强点了点头。

张、李二人依旧上了楼。

赵老实只觉嘴里发干，攥着东西撑着床沿站了起来，却觉两腿灌了铅似的，一步也迈不开，只是不住发抖。赵老实死死瞪着自己的双腿，怕有好一会儿，才勉强止住了颤抖。

他一伸手，抓住了那张银票，仔细地叠了两折塞进怀中，这才咽了口唾沫，尽量镇定地走到厨房里，支开伙计，按那两人的吩咐把那包粉末分别倒进了三个酒坛，倒完了，又拿酒勺搅了搅，这才放心。

才办好，果然就听骆西城叫酒。

赵老实忙抱了两坛酒上楼。骆西城正和夫人坐在房里桌前，赵老实一眼瞥见花弄影，心头惴惴不已，忙低了头走进去。他记着

张、李二人的吩咐，一坛放在桌上，却弯身把另一坛放在了桌脚下。骆西城果然先拿过桌上那坛酒，倒在碗里喝了起来。

赵老实出了房门，看了看旁边的丑字号房，只听里面悄无声息，也不知那二人在是不在，他心里不安，便小心翼翼地躲在窗外偷看。

从窗缝看进去，骆西城正一边喝酒，一边和夫人说着闲话。

骆西城面不改色地喝完第一坛酒，突然笑了笑，道："这酒虽然加了料，味道倒还不差。只是这点毒药就想要我命，却未免把骆西城看低了。"

赵老实便是大惊，心道：莫非骆大侠已经知道酒里有毒了？可他要是知道有毒，又怎么还会跟没事人似的一碗接一碗地灌下去？

便见花弄影也轻轻笑了笑，道："你一个人喝酒没意思，我来陪你。"说完了，竟真的也拿过一坛喝起来。

骆大侠笑了笑，叫着她名字说："看来今晚咱们又有客人，你要是累了，就先歇着，不用等我。"

花弄影帮他斟了一碗酒，点头应了。

赵老实不敢再看，慌慌张张下了楼，假装在柜上算账，一边注意着楼上动静。但丑字号房也好，寅字号房也好，都静悄悄的，平平静静。

再过了一会儿，天已是全黑了。

突然间，寂静中就听楼上一声响，赵老实惊得差点跳了起来，却是花弄影打开房门走了出来，站在楼上栏杆边上，淡淡问："赵老板，想借你的厨房做几道小菜给外子下酒，可以吗？"

赵老实见了她，已是吓得半死，哪还敢说不，忙不迭地答应了。

花弄影下楼进了厨房，没一会儿，就做了好几道菜端上楼。门一关，又静悄悄地没了动静。

这一天晚上，时间慢得叫人发慌。赵老实一会儿抬头看看寅字号房，一会儿又抬头看看丑字号房，也不知道里面都怎么样了。他心里发慌，什么事也做不下去，索性叫伙计关门打烊，生意也不做了。

就在这时，只听客栈外面长街上一阵急促的马蹄声，跟着，就有七八个人撞开店门闯进来，一律黑衣蒙面，手持长剑。伙计正要闩门，战战兢兢地上去道："几位客官……"才说了几个字，就被当先那人拎着领子丢到一边，摔昏了过去。

赵老实浑身打战，赶紧缩到了一边，大气都不敢出。

这几人也不说话，只是默默站成一排，站在楼梯口。突听吱呀一声，寅字号房门突然开了，骆大侠携着夫人的手大步走了出来。

赵老实正心里有鬼，不禁多看了他几眼。但这夫妇二人却都是神采奕奕，站在楼梯口，活生生一对神仙美眷，哪有半分中了毒的样子？

只见那几个蒙面人中，有一人踏前一步，瓮声瓮气地问道："阁下就是骆西城吗？"

骆西城环顾了一圈，微微一笑，一边与夫人一起走下楼，一边道："几位深夜到此，就是为了跟我说这些闲话吗？"

那带头的蒙面人嘿嘿笑了两声，道："骆大侠快人快语。我们几人从辽东来，想必骆大侠应当知道我们的来意了？"

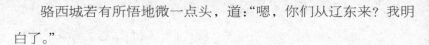

骆西城若有所悟地微一点头，道："嗯，你们从辽东来？我明白了。"

那人道："我家主人想见骆大侠，烦您跟我们走一趟辽东吧！"

骆西城却叹了口气："我敬重你家主人是条铁铮铮的好汉，你们若光明正大来找我，我定然不会推辞。何苦在我酒中下毒，要挟我就范？几坛毒酒，还难不倒骆西城。只是这等下作行径，却不是大丈夫所为。所以，这一趟，我是绝不会跟你们去的。"

赵老实躲在一边，听了他这句话，先是一愣，跟着恍然大悟，原来骆西城虽然发现了酒中有毒，却不知道是那张三、李四二人搞的鬼，反误会毒是这伙人下的！

带头的蒙面人才微微一愣，旋即冷笑道："骆大侠不肯去，直说就是了，何必编排这些借口？只是请不到阁下，回去没法子交代，说不得，只好得罪了！"

说到最后一个字，几人已一起攻了上去。

赵老实不懂武功，也不知这些人功夫怎样，就只觉得那七八个蒙面人虽然拿着兵器，但骆西城空手与他们争斗，却像是毫不费力一般。骆夫人在一旁观战，也是神情轻松，丝毫不为丈夫担心。

果然，不过转眼间，那七八个黑衣人就都被打倒在地上。

骆西城笑道："你们都是精忠报国的好男儿，我不愿伤你们性命，你们走吧！"

话还没说完，突然几点寒光闪过，骆西城身子陡地一矮，险险躲过了，便看两道人影，如箭离弦，极快地从楼上俯冲下来。

赵老实还没来得及吃惊，几乎同时，只听窗外有人惊呼了一声

"当心"，从门外奔进来的，赫然是失踪许久的凌霄！

后来的两人，虽然也蒙了面，但他们一露面，赵老实就已猜到这是张三、李四二人，此时再看身材装束，果然不错！张三、李四的武功却比先来的那些蒙面人高了许多，一时间，就只听见长剑刷刷作响，三个人的身形纠缠在一起，叫人看不清哪个是哪个。

赵老实正看得目瞪口呆，就听砰砰两声，张三、李四二人已倒在了地上。

——灯花啪的一声响。

来归客栈里，赵老实抹了把脸，长叹一声，道："我虽然不是什么江湖中人，却也看得出，那晚在场的人，全都不是骆大侠的对手。可偏偏这时候，事情就发生了……"

苏妄言好奇道："发生了什么事？"

"当时，眼看骆大侠把这些人都打败了，我不由得松了口气，扶着桌子，哆嗦着站起来。就在这时候，发生了一件事，这件事，我一辈子都忘不了……"赵老实神色惘然，狠狠甩了甩头，"忘不了，也想不通！"

骆西城一脚把张三、李四二人扫到了地上，笑了笑，正要说话，却突然脸色大变，又冷又怒，皱着眉往前踏了一步。先来的那几个蒙面人和后来的张三、李四，见他一脸怒容，不明就里，还道他动了杀机，都不由自主连连往后退去。

就在此时，骆西城却不知想到了什么，就那么怔住了。

其实也不过片刻光景，但寂静之中，倒像是过了几天几夜那么久。骆西城怔了怔，肩头陡地一震，跟着就全身都在发抖。才不过眨眼的工夫，已是面色灰败，满脸都是心灰意冷的样子，也不知道到底是怎么了，只是那神色几乎要叫一旁看见的人也灰心起来，就像是这人生再没有什么可留恋的了。

客栈里众人不知道发生了什么事，只是见了他那样的神色，一时都呆住了。

就听他长长叹了一声，自言自语地道："我骆西城一生笑谈风月，快意恩仇，自以为人生到此，再无恨事。哪知道到头来所求的求不到，求到了的，又是一场空，原来都是浮生一梦！哈，哈，这老天爷，为何总要作弄人！"

众人正都不知道如何是好。骆西城却突然大笑了三声，笑完了，足尖一点，将地上长剑抄在手中，跟着转向凌霄笑了笑。这时候，他的神态样子，却又跟往常一样，潇洒极了。

骆西城道："凌霄，你记住我的话——这件事，是我自己要为自己做的，实在是我只剩下了这一条路，非这么做不可。跟谁都没关系，你莫怪在旁人头上，将来也不要想着为我报仇。"

凌霄只是呆呆站在那里，像是也愣住了。

骆西城却又对夫人笑了笑，从容道："别的也没什么了，唯有一件，今后我不能再照顾你，你自己千万保重身子。"

一语未了，突然横剑一挥。霎时间，只见一股鲜血从他脖子上直喷出来，跟着，人头就滚到了地上。

韦长歌和苏妄言听到此处，不禁同时低呼了一声。

苏妄言惊问道："你说骆西城是自刎而死？他为什么要这么做？"

赵老实苦笑着摇了摇头。

苏妄言微怔，旋即看向马有泰和王随风。

马、王二人却也都是一脸茫然，缓缓地摇了摇头。

滕六郎在一旁问道："这张三、李四，想必就是二位了？"

马有泰倒也干脆，爽快答道："我和王大哥出手之前已商量好了。这件事，不是什么光彩的事，须得用假名互称。"

苏妄言追问道："后来呢？骆西城自刎之后，又发生了什么事？"

赵老实叹道："我再没想到，骆大侠会自己割了头，等我醒过来，人都不见了。凌大小姐坐在骆大侠的尸首旁边，脸上的神色，又是不相信，又是绝望伤心，看起来也像死了一样。骆夫人眼里淌泪，慢慢走过去，跪在地上，把骆大侠的头抱起来，抱在怀里，用手把他脸上的血迹抹去了。我看到这景象，不由得又是一阵发昏。

"不知道过了多久，凌大小姐道：'花姐姐，你觉得怎么样？'骆夫人也不知有没有听到她的话，只是痴痴看着怀里的人头。凌大小姐咬了咬嘴唇，冲上楼，片刻手里拿了一锭金子又冲了下来。她把金子扔给我，惨白着脸道：'这间店我包了，你不管去哪里，七天之内不准回来！'我正骇得要死，立刻把那伙计拽上，连滚带爬地离开了客栈。"

王随风和马有泰似乎也是第一次听说那之后的事，王随风诧道："她包下客栈要做什么？"

赵老实摇头道："不知道，我再回来的时候，凌大小姐也好，骆夫人也好，就连骆大侠的尸体都不见了。

"跟着没多久，镇上就开始接二连三地死人。有人说亲眼看到一具无头男尸杀了那些人，又有人说看到了一个红衣女鬼在镇外出没。开始大家还不相信，可是死的人越来越多，都是被人用刀杀死的，看到那无头尸体的人，也越来越多。镇上的人都慌了，短短几个月，能搬的就都搬走了。

"我本来舍不得这家店，不想搬。哪知道，有一天，我晚上回来，亲眼见了那无头的尸体。'他'虽然没有头，我还是一眼就认出来了——那是骆大侠没错！我吓得掉了半条命，第二天一早就赶紧搬走了，再也没回来过。只听人说，镇上的人死的死，逃的逃，一个人都没有了，客栈也被当成了义庄，寄放尸骨。"

韦、苏二人听到这里不约而同看向滕六郎，心下都暗道：滕六郎说这客栈是从前任老板手里买来的，原来也是说谎。不免对此人的身份更加狐疑。

赵老实举头四顾，长长哀叹："来归客栈……来归客栈……到我手上的时候，已经整整四十年了啊……"

屋里却没人理会他的感慨。

苏妄言喃喃道："那天晚上，凌霄一直躲在窗外看着屋里的情况。那些黑衣人和骆大侠打斗时，她并不担心，看到马总镖头和王大先生突然出现，却惊呼了一声，从外面冲进来。这是为什么？"一顿，自言自语地道，"嗯，是了。那几个黑衣人是凌霄自己找来的。所以她看到事情有变，才大是惊讶。"

韦长歌略一思索道："骆西城说他们精忠报国，这几人，莫非是军旅出身？"

王随风和马有泰相互看了一眼，叹道："韦堡主猜得不错，那几个黑衣人乃是辽东凌大将军的部下。"

"凌大将军？王大先生说的，可是辽东镇军将军府的凌大将军？是凌老将军麾下，还是凌小将军麾下？"

王随风点头道："那时凌小将军年纪尚轻，那几人是凌显老将军派来的。"

韦长歌诧道："这就奇了——当年凌大将军帐下有百万大军，镇守辽东，权倾一时，说是一方诸侯都不为过。骆西城却只是个地地道道的江湖客，一向不与官面上的人物打交道。凌显找骆西城会有什么事？"一边问，一边望向苏妄言。

苏妄言充耳不闻，只是怔怔地出神，好一会儿，才喟然道："原来那人头是骆西城的……原来她也不是他夫人……原来二十年了，她还是忘不了他……"

他一连说了三个"原来"，其余几人都是莫名其妙。只有韦长歌明白他的意思，不以为然道："我早就说过，凌霄说话不尽不实，她的话不足为信。"

苏妄言白他一眼："那你说，她若不是对他一片真心，何必三番五次找上苏家？她那种伤心憔悴，难道都是装出来的？她认定了他，就不回头；这么多年，在她心里，也始终只有这一个人！就算她不是他夫人，那又怎么样？"

韦长歌无奈，笑了笑，也不和他争辩，转向马、王二人道："赵老板说了那么多，我却还是有些事不明白，还要请二位解惑。"

王随风看了马有泰一眼，道："马老弟，是你说，还是我说？"

马有泰端起碗，猛灌了一口，道："还是王大哥你来说吧。"

王随风点头道："也好。"也喝了口酒，捻了捻胡须，像是一时

间，不知道该从什么地方说起。

众人也都不说话，屋子里，就只听见外面不断传来细碎的簌簌声。从窗口看出去，原来不知何时，那雪又开始下起来了，一点点的，缓缓飘着，在夜色里柔柔地发亮，真个便如柳絮因风而起一般。

"……我和马兄弟，是那年在萧山庄结识的，我二人脾气相投，那次之后就时常有来往。二十年前，泰丰镖局接了一笔大买卖，要送一批红货出关，怕出岔子，四处找人相助。马兄弟就邀了我去相助。

"那批红货是南海蛟王世子迎娶马家牧场三小姐的文定之礼，价值连城，路途又遥远，沿路不知有多少人在觊觎。蛟王和马家都派出了大批好手帮忙护镖，泰丰镖局也是倾力出动，三条路线，虚虚实实，只求能把货平安送到地头。

"那一趟，真可以说是九死一生！大大小小的伏击圈套也不知遇到了多少，好几次，经历之凶险，我现在想起来还会吓出一身冷汗。镖队出发时，一共是八十二人，货到了马家牧场，活着的只剩了十四个，这十四个人中，个个身上都带着伤。就连陈总镖头都死在了一次伏击里。我和马兄弟受了重伤，在马家休养了足足三个月，才能下床。"

苏妄言笑着打断道："但那一趟之后，马总镖头就成了今日的马总镖头，凡是泰丰镖局走的镖，从此便再也没有人敢来碰。而孤云剑客也由此一战威震天下。王大先生和马总镖头这段英雄往事，江湖中谁人不知?"

王随风叹道："苏大公子，你莫怪我啰唆，要把事情说清楚，就非要从这里开始说不可。"

韦长歌笑道："这件事，和骆西城也有关系？"

王随风和马有泰竟不约而同长长叹息。

王随风怅然道："唉，也是天意弄人，若非那趟镖如此凶险，我和马老弟也不会做出这种事来……

"我们二人从关外回来后，有一天在洛阳城外一个小酒铺里吃饭喝酒。已经是深夜时分，酒铺里，客人寥寥无几。

"喝了两杯酒，马老弟突然低声道：'王大哥你看，对面那女子不知道是哪个大官的家眷，怎的一个人在这儿喝酒。'我装着不经意地看过去，靠着门口，果然有一个鹅黄衫子的美貌少女独坐饮酒，看神色已有七八分醉意。我问马老弟是怎么看出来的，马老弟笑了笑，道：'王大哥，你武功比我强，也比我多认几个字，但说到有两件事，你却不如我。这第一件，是看人，第二件，便是看宝贝。你看她头上那支钗，那是汉武帝时赵婕妤戴过的玉燕钗，那可是件真正的宝贝！寻常的富商大贾就是有钱也买不到！她却只当寻常发饰使用，全不爱惜，必是世宦人家出来的。'

"我二人正说着话，那少女突地大笑出声，笑着笑着，又伤心地痛哭起来。她哭了一阵，扬手把桌上的酒瓶扫到地上，就这么大声唱起歌来——她唱的那歌，我刚好知道，乃是曹子恒的《秋胡行·朝与佳人期》。"

赵老实讷讷问道："什么？"

马有泰也忍不住道："她唱的那歌我当年就没有听明白。只记得

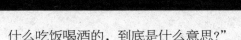
什么吃饭喝酒的，到底是什么意思？"

苏妄言道："那是魏文帝曹丕作的一首歌儿，名字叫《秋胡行》。"看了韦长歌一眼，取笑道，"韦堡主想必记得这歌，不如唱给咱们听听吧！"

韦长歌一笑，竟不在意，当真用手轻打拍子，清唱起来。

众人都屏息凝神，听那轻轻的歌声，和着窗外簌簌飞雪，一起飘落下来——

朝与佳人期，日夕殊不来。

嘉肴不尝，旨酒停杯。

寄言飞鸟，告余不能。

俯折兰英，仰结桂枝。

佳人不在，结之何为？

从尔何所之？乃在大海隅。

灵若道言，贻尔明珠。

企予望之，步立踟蹰。

佳人不来，何得斯须。

韦长歌唱完了，淡淡解释道："这说的是有一个人，和佳人定好了约会，但从清晨等到日暮，佳人始终没有来。佳人虽然不至，这人却不肯放弃，采摘芳草，起誓相随，一片热诚，中心藏之，不能忘怀。"

马有泰低低啊了一声道："她这歌，是为骆西城唱的吧？我当时可不明白是什么意思，就只觉得她唱得伤心，还是王大哥告诉我说'她是犯相思了'。"

滕六郎目色一黯，怅然道："人世中求而不得之境，又岂止'佳人不至，旨酒停杯'？求之不得，寤寐思服；求之不得，辗转反侧；求之不得，中心藏之，又有何用？"

苏妄言笑着回了句："求不得，亦宜休。人生如寄，多忧何为？"

众人都怔怔不知如何接话。

便听韦长歌用温和却又铿然如金石的声音淡淡道："求之不得心常爱，高山成谷沧海填。"说完微微笑笑，也不再等人接话，转向王随风道，"后来呢？"

王随风道："当时，我只当是哪家的小姐为情所苦，在那里借酒消愁，并没有留意。

"就在这时候，外面有几骑人马经过，那马本已驰过了，马上的人听到歌声，却惊呼了一声，调转马头又转了回来。

"那马上是几个武将装束的骑士，看样子品级都不低，见了那少女都是惊喜交集。我和马老弟看他们转身回来，情知事情有变，便趴在桌上装睡，好在那少女已经喝得半醉，新进来的那几人也没有留意我们。

"便听那几人纷纷叫道：'大小姐！'其中一人，听起来像是领头的，一开口，其他人便都安静了。那人笑着道：'大小姐，真的是你！末将方才在外面听到大小姐的声音，还以为听错了！大小姐竟真的在这里！'

"那少女隔了好一会儿才醉醺醺地问：'你们怎么来了？'领头那人回答：'末将等奉了大将军的命令出来寻找大小姐。大小姐，自从你离家之后，将军派了许多人，四处寻你！将军在家，也日夜惦记

着你呢！'

"我趴在桌上装睡，听他们说话，渐渐弄明白了。那少女原来是辽东大将军凌显的女儿，离家已经好几年了，这几人就是专门出来寻她的。那少女这次好半天没有说话，一开口，酒意倒像是全醒了。便听她冷冷道：'惦记我？你们就会说这些好听的来哄我。哼，我心里都明白，他惦记我，还不是为了那东西？不就是一颗……'她才说了一半，那几人陡然一起叫起来，打断了她，竟像是十分紧张。"

王随风看向韦长歌和苏妄言，道："当时我心头一动，心想，辽东凌大将军声威显赫，位高权重，叫他这般看重的，不知是什么了不得的东西？

"跟着就听酒铺老板闷哼一声，想来是被那几人点倒了。便听见一阵脚步声，那几人走过来，像是在弯腰检查我们是不是真的睡着了。我心里不由得好笑，这几人武将出身，做事虽然也算仔细，但江湖上的事情，未免还是少了经验。

"有人在我身旁道：'睡着了。'那为首的人嗯了一声，这才道：'要说将军一点不记挂东西的下落，那是假的。我们出来的时候，将军有命，找到大小姐，大小姐要是执意不肯回去也就算了。但东西，无论如何一定要带回将军府！'那凌大小姐半天没吭声。几人就有些沉不住气，又道：'返魂香是世间至宝，大小姐千万不要意气用事。'

"安静了片刻，那人突然道：'大小姐，你笑什么？'那凌大小姐不住声地冷笑，末了道：'说得轻巧——我只问你，凭你们几人的武

功，能胜过骆西城吗？'那几人都是默然。为首之人道：'还请大小姐赐教。'

"凌大小姐淡淡道：'单你们几人想要把东西从他手上要回来，那是万万不可能的。何况有他夫人在一边，动起手来更占不到便宜。只好想法子把他带回辽东去，咱们将军府多的是高手，只要进了将军府，自然有人能制住他叫他把东西交出来。'

"那几人纷纷道：'大小姐有什么法子？'

"凌大小姐道：'骆西城和他夫人现下就住在此处往西三十里长乐镇上的来归客栈里。你们去了，莫要动手，只说从辽东来，请他跟你们回去，他自然就会跟你们走了。'

"那为首的武将迟疑道：'这……这行吗？'

"凌大小姐道：'骆西城是个有担当有气魄的磊落汉子，那年他闯了将军府也是逼不得已。他敬重爹爹是国家栋梁，既然被你们找到了，就一定不会拒绝。只是路上千万别耍花样，你们这点儿心思瞒不过他。这事情我不能露面，不过回去的路上，我自会跟在你们后面。他要是问起，你们就只说我已被爹爹派来的人带回去了。'有一人半信半疑地道：'那回了将军府又该如何？'那凌大小姐笑了一声：'咱们辽东那么多高手，难道还留不住区区一个骆西城？我今晚写封信，你们明天先回去一个人，把信给我哥，他自然知道提前准备。'

"那几人应了，簇拥着那少女出门上马走了。待听得马蹄声去得远了，我和马老弟才抬起头来。"

滕六郎突然冷笑道："难怪二位动心，这返魂香，倒的确是件至宝。"

马有泰默然了片刻:"其实我和王大哥也不是爱钱如命的人。若是普通东西,再值钱,我们也不会看在眼里。只是我们二人刚从阎王殿上走了一圈回来,对生死之事,难免多了些感触。"

王随风也叹道:"都是天意!我听那几人几次说起返魂香,只猜想是什么值钱的东西,却不知道究竟是什么。等他们走了,就问马老弟返魂香是什么东西,怎么能让凌大将军这等人物都这么着紧?马老弟道:'这东西,说是产自海外仙山。普天下,唯有辽东凌大将军曾蒙异人相赠,得到过一颗。据说这东西雀卵大小,看起来是一颗普普通通的黑色药丸,却能起死回生,就是人已经死了,取一丁点儿返魂香一焚,立马就能活过来。'

"我听了之后,好半天没有说话,只觉热血上涌,脑子里就只有起死回生几个字。好一会儿,才听到马老弟在问我:'王大哥,你说这世上什么东西最要紧?要我说,名声也好,钱财也好,都是假的。世事无常,人要死时,再多钱财又有什么用?那些个破名声,就更没意思了!'

"我心下会意,道:'马老弟的意思是,命最要紧。'马老弟道:'不错!王大哥,我是粗人,不会说话。我们都是刀口上舐血的人,过得了今天,不知道能不能过得了明天。唉,我平日里总说自己不怕死,其实要真到了跟前,哪有不怕的?这次去关外,我才真正知道,人到了要死的时候,哪怕能多活一时一刻,那都是好的!兄弟别的话也不说了,就看大哥的意思了!'"

王随风一顿,看向众人道:"我们两人虽然忌惮骆西城武功历害，但实在舍不得放过这个千载难逢的机会，终于决定下手……那之后的事，刚才赵老板已说过了——我们抢在将军府的人前面到了客栈，果然找到了骆西城，还发现他和花弄影结成了夫妇。我们俩一商量，要论武功，我和马老弟加起来也不是骆西城的对手，何况还有花弄影在，所以让赵老板事先在酒里下毒，只要他中了毒，我们就可以此要挟。一包毒药分三次下在酒里，也是怕被骆西城察觉。哪知道还是被他发现了！但既然事已至此，我们也不愿空手而回，便趁着他和将军府的人打斗的时候猝然出手。"

马有泰长叹了一声，颓然道："其实刚一交手，我就知道事情无望了，我们二人根本不是骆西城的对手！只是没想到他竟会横剑自尽！当时，我好半天都不敢相信自己的眼睛！直到听到凌大小姐的尖叫声，才清醒过来——唉，那时候，我还不明白她为什么那么伤心……她也当真痴情……"

片刻，王随风苦笑着接道："那时，大家都愣住了，一个个呆站着，不知道该怎么办好。凌大小姐发了疯一样扑过去，口中不住道：'怎么会这样！怎么会这样！'花弄影更是泥塑似的，定定看着骆西城的尸首，怔怔立着，大约还没明白过来究竟发生了什么事。

"不知道过了多久，将军府的人才上前去拉凌大小姐，她死活不肯起来。那几人也是惊魂未定，小声商量了半天，其中一人上前道：'大小姐，我们走了，你……你不跟我们一起回去吗？大将军他是真的记挂你！'那凌大小姐也不说话，只是回过头，慢慢把他们几人一个个看过来，又冷冷望向我们二人。她身上、手上、脸上都沾满了血，坐在血泊里，那眼神……我虽然蒙着脸，却像是连皮肉骨头都被她看穿了，忍不住打了个寒噤。

"将军府的人踟蹰了一下，道'大小姐，那我们先走了。'那位凌大小姐也不说话，也不动弹，不知道究竟听见没听见。那人看了看她，又看了看同伴，一行人就无声无息地离开了。

"我们俩也是好没意思，趁机悄悄离开了……我们做了这种见不得光的丑事，生怕被人知道了，彼此也就刻意断绝了来往……这件事说来真是惭愧得很，这二十年来，一直叫我耿耿于怀，每次想起都羞愧难当、悔不当初！"

说到这里，王随风脸上一阵青一阵白，已是羞惭之极。

马有泰亦只低头喝酒，不敢抬眼。韦长歌和苏妄言，你看看我，我看看你，难得两人竟都不知道该如何开口。

还是王随风低声道："时隔多年，没想到我们老兄弟又在这里见面了……我只是想不通，究竟是谁把我们带来这里的，他带我们来这里，是想干什么……"

赵老实干笑了几声，道："不管是谁，总是来找我们报仇的。"

王随风沉吟半晌，摇头道："我们三个固然有错，但追根究底骆大侠却并非因我们而死，这报仇二字从何说起？韦堡主，你们又是为什么到这儿来？"

韦长歌不着痕迹望向滕六郎，却见他抱胸而坐，双目微瞑，似已睡着了。便笑了笑，道："我和妄言来这里也是因为这位凌大小姐。"

当下把事情经过三言两语说了一遍，苏三公子、秋水剑这些事便避开了没提。

马有泰和王随风对望一眼道:"这么说,十有八九真是凌霄把我们弄来的……可骆西城明明白白是自杀而死,他自己不也说了嘛,他要死是他自己的意思。凌霄又要找谁报仇?"

韦长歌道:"骆大侠虽是自杀,但总是有什么原因他才会这么做——否则以他的胆略见识,岂是寻死觅活之辈?仓促之间,骆大侠究竟想到了什么,叫他心灰意冷,非死不可?凌大小姐要找的仇人,会不会就是逼得骆大侠非自杀不可的那个人?凌霄、花弄影、骆西城,这三个人究竟是什么关系?"

王随风插嘴道:"还有那幅画和月相思,又是怎么回事?难道逼死骆大侠的人是月相思?"

苏妄言淡淡一笑,道:"那幅画的意思,我开始也不明白。只是在凌霄那里看到那人头后,我就一直在想,头下面的身子哪儿去了,是不是也像那人头一样没有腐烂?先前我在外面看到那个无头男人的时候,忽然就明白过来,那具无头尸体就是头下面的那个身子!《刑天图》——那尸体无首而能动,岂非和刑天一样?

"再想到月相思,我就猜想,是不是当年凌霄和花弄影用了什么法子,想将骆西城救活——那七天里,她包下这家客栈,大约就是在进行这件事,只是不知为何,事情的结果却完全非她所料。这就像是嫦娥盗得灵药,却只能夜夜独对碧海青天,留下无穷无尽的悔恨……如今凌大小姐后悔了,于是想要找月相思出来,解决这事情。"

王随风理了理颔下长须,问:"可骆西城是断头而死,有什么法子能救活他?"

韦长歌微笑道:"凌霄好几次提到那位高人曾对她有恩,会不会是以前曾因为那位高人的缘故,求得过月相思的帮助? 月相思是一幻境的主人,据说有沟通幽冥之能,如果凌霄和花弄影能得她相助,骆大侠也许真能死而复生也未可知——王大先生莫要忘了,花弄影的头,不也是'断过'吗?"

苏妄言颔首道:"多半便是如此!"沉吟须臾,凑到韦长歌耳边,压低了声音道,"传说月相思性子极冷,等闲有人相求,必不理睬。凌霄也说,要求月相思,必先求三叔。想必当年三叔不知何事与月相思亲近,也因此帮过凌霄,是以他一拿到《刑天图》便立刻猜到原委,这才让我去偷秋水。"

韦长歌才一颔首,却突然笑起来,也压低了声音道:"但你三叔一定没料到,有人这么不济事——只不过叫你去偷把剑,居然也会失手,闹得鸡犬不宁! 这会儿他在洛阳,不知怎么替你担着心呢!"

苏妄言脸上一红,就听一旁马有泰喃喃说了句:"莫非是返魂香?"苏妄言正不知如何反驳韦长歌,闻言大声冷笑道:"就算是返魂香,马总镖头又能怎么样? 这么多年,难道还不死心?"

马有泰面上一阵青一阵白,又不好发作,样子狼狈之极。

苏妄言还要再说,韦长歌已笑着道:"不管怎么样,事情到这里,总算是有些眉目了。

"想来当年花弄影与骆西城是在萧山庄一役中相识,又一起逃出了火海,后来不知怎的结成了夫妻。再后来,骆西城又认识了凌大将军的女儿凌霄。凌霄身为将军府的大小姐,按理,不会有太多机会和江湖上的人来往。她曾说到,骆西城闯过辽东将军府,而凌大将军派人找骆西城一事又和返魂香有关。因此我们可以推测，骆西城闯将军府就是为了返魂香，而凌霄就是那时候认识了骆西城。

"凌霄对骆西城一往情深——按赵老板所说，她的心意，就是瞎子也能看出来，而当时，和骆西城在一起的还有骆夫人。凌霄明知道骆西城已经有了夫人，却还是苦苦纠缠……"

他说到这里，不由自主停住了——店里众人，除了滕六郎面色如常看不出心中所思所想，其余几人脸上竟都大有不以为然之色。

马有泰迟疑道："韦堡主说的也有道理，不过，这男女之间的事，实在不好说得很。骆大侠和花弄影有水月宫杀父之仇在先，又有萧山庄逼迫之恨于后，这两人虽然结为了夫妇，但其中恐怕还另有内情。何况飞天夜叉一向杀人不眨眼，我看，她当初嫁给骆大侠，就未必安着什么好心……"

王随风捻须道："马老弟说得对。凌大小姐出身将门，天真烂漫，性子也是大开大阖，若说骆大侠会爱上她，也不足为奇。也难说就是凌大小姐自己一厢情愿纠缠骆大侠……"

韦长歌冷笑道："果然天真烂漫，又怎么会设计让人去擒自己的心上人？"

王随风辩道："韦堡主此言差矣！方才赵老板不也说过吗，骆大侠亲口说过，要不是凌大小姐，他不能和花弄影在一起。如果是寻常女子，又哪一个会帮着情敌跟自己的心上人……"

他只说了一半，见韦长歌面上隐隐有些愠色，不由自主地收了声。

韦长歌淡淡道："凌霄失踪前一天，和骆西城一起出门，回来的

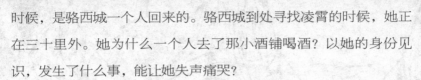

时候，是骆西城一个人回来的。骆西城到处寻找凌霄的时候，她正在三十里外。她为什么一个人去了那小酒铺喝酒？以她的身份见识，发生了什么事，能让她失声痛哭？

"其实只要想想凌霄晚归那天，骆西城和伙计的对话，很容易可以发现，骆西城原本是准备第二天一早和夫人一起离开的，只因为凌霄失踪，才不得不留在了长乐镇。也就是说，他们并不准备和凌霄一起上路。我猜，凌霄多半是因为被骆西城拒绝，才愤而出走……"

苏妄言不待他说完，冷哼了一声，驳道："胡说八道！你既不是骆西城，又不是凌大小姐，你怎么知道当时究竟是什么情况？就算是凌大小姐苦苦纠缠，又焉知不是她认识骆西城在先、花弄影横刀夺爱在后？要我说，难保不是骆大侠和凌大小姐两情相悦，花弄影苦苦纠缠！"

韦长歌这时倒不生气，好脾气地笑笑道："好，好，就当我错了吧！反正，不管是凌霄与骆西城是不是早就相识，花弄影是不是横刀夺爱，凌霄出走，总是和骆西城那晚跟她说的话有关系。"

突然间，只听隔窗一声轻笑。

六·

秋胡行

门外，冷风贴地卷过。

你可曾为谁伤心过？那叫你伤心的是什么人？是谁叫你伤心难过，却又叫你离不开、舍不得、放不下？

这一刻，两个女子，都不约而同地看向了男人的头颅。

众人都是一惊，不觉回头看向窗外。

风雪吹送，一个女子的声音，慢慢悠悠，轻轻唤着："凌大小姐……凌大小姐……"那唤声，一时像是极远，再一听，又像是近在耳边，声声唤来，殷殷切切，听在耳里，却不知怎的就叫人心上发寒。

赵老实骇道："鬼……有鬼……"

一面哆嗦着缩向墙边。

窗外那声音一转，又似子规泣血，幽怨不已："凌大小姐……多年不见，我日夜念着你呢……你来了长乐镇，怎么忍心不出来见见我……"

韦长歌沉下声，隔窗问道："外面是何方高人？何不进来相见？"

众人屏息等了半响，那女子却不再出声，正略松了一口气的当儿，便听一声巨响，门上木闩从中断成了两截。

霎时间，刺骨寒风卷起一片雪花从门外直扑进来，店门在寒风里摇摇晃晃，吱呀作响。

便见一个红衣女子，清冷纤弱，雪肤花貌，袅袅婷婷立在门外。

王随风、马有泰脸色大变，同时一跃而起。赵老实更如见罗刹恶鬼，面无人色，颤抖着指向那女子，呻吟道："骆……骆夫人……"

红衣女子唇畔似噙浅笑，眼底却森冷如严冰，将屋子里众人一一看过了，轻声道："好热闹。"

她目光从王随风、马有泰面上一扫而过，落在赵老实脸上："王大先生、马总镖头、赵老板，许久不见，三位一向可好吗？"

马、王二人听她这么说，知道方才的对话都已被她听到了，又惊又愧，又怕又急，一时间一句话也说不出来。

花弄影缓步踏进店来，四下里一望，柔声道："凌大小姐，你在哪里？你把害他的人都送到这里来，好叫我能为他报仇，你这份大礼，我欢喜得紧。凌大小姐，凌家妹子，你出来……让我亲口谢你……"

马、王二人听了，心下俱是一紧，待要夺门而出，又畏她功夫了得，不敢轻举妄动，大急之下，只用求救的眼光看向韦长歌。

花弄影目光流盼，微一低首，便向着店内深处那道小门走去。

苏妄言一惊，就要上前阻拦，却见滕六郎目光微动，意似阻拦，不由得一怔。

花弄影只踏出两步，却突地站定了，微垂眼帘，片刻，一声冷哼，陡地喝道："还不出来！"

红影一闪，人已到了先前那具巨大的棺木之前，右手疾伸，朝着棺底狠狠抓下！

苏妄言一惊，随即明白过来——那棺木尺寸巨大，自然是有夹层的。

花弄影一抓下去，手还未触到棺木，便听咔嚓一声，木块四散，当中一样东西高高飞起，花弄影见了，先是一惊，竟自然而然伸手去接，手才伸出去，却又猛地一顿，欲要收回，却已来不及了。就在这电光火石之际，棺底一人已一跃而起，掌中寒光闪动，一柄短剑架在了花弄影颈上。

这几下惊变，看得众人目不暇接，到这时那东西方才落在地上，滚开了——叫花弄影伸手欲接的，原来是一颗木雕的人头，那木雕人头刻画仔细又戴了假发，加之灯光幽暗，乍看之下，倒和真的人头有七八分相似。

但此时持剑站在花弄影身前的女子，却不是凌霄。

苏妄言见了那女子，大是愕然，脱口唤了声："忘世姑娘……"

忘世姑娘抬眼对他一笑，却不搭话，只将眼看着滕六郎。一时间，诸人的目光也都跟着望向滕六郎。

滕六郎坐在原处纹丝未动，淡淡说了句："做得好。"头也不回地道，"凌大小姐，请出来吧。"

众人一齐转头，便见屋子深处，那道小门无声无息地开了，一个女子从黑暗处走出来，微微躬身道："有劳公子。"

马、王几人一齐惊呼道："凌大小姐！"

苏妄言亦叫道："凌夫人！"

凌霄走至屋中，待她走到亮处，众人才看见她双手小心翼翼地环抱着一个男子的人头，面目宛然，嘴角带笑，神情栩栩如在生时一般。

韦长歌虽然已经听苏妄言说起过了，却还是禁不住心悸。

王随风几人心里本就有鬼，此时陡然见了那个人头，更是骇然，连呼叫的力气都没有了，只是靠着身后棺木瑟瑟发抖。

赵老实更是吓得几欲昏死，双膝一软，就冲着那人头跪了下去。

花弄影见了那人头，猛地一颤，像是忘了颈上的利剑，情不自禁往前微倾。那剑锋利，立时在她颈上留下一道划痕。殷红血丝顺着锋刀流下，花弄影却只怔怔望着骆西城的人头，满目痴迷，像是

丝毫感觉不到疼意。

马有泰面色惨淡，用手指着那人头，筛糠似的发着抖："骆……骆大侠……"

凌霄一面用手抚摩着骆西城的脸，一面低叹道："马总镖头还认得他？唉，这么多年，他一点都没有变，我却已经老了……"

马有泰只是颤抖着嘴唇，说不出话来。

凌霄怅然一笑，道："马总镖头、王大先生、赵老板，你们不必担心，我请几位来，只是想弄清楚当年有些事情，并不是要找三位报仇——我心里明白，他的死，其实不关你们的事，你们虽有错，但或许我比你们错得还要厉害……我请几位到长乐镇相聚，并无恶意，不过是想听听各位的心里话，弄清楚当年究竟是怎么一回事。"语罢一叹，又转头看向苏妄言，凝视他许久，跪倒在地上，重重磕了三个头。

苏妄言慌忙起身去扶："凌夫人！"

凌霄眼里泪光微闪，低声道："苏大公子，你为我奔走，凌霄心里感激，苏三公子有大恩于我，我也一天都不曾忘记。只是在我心里，什么都比不上他，不得已，只好有负二位了。这三个头，就当是我给你和苏三公子赔罪吧……"

苏妄言闻言一怔，伫立许久，只觉有种说不上来的滋味，像是连自己都忍不住为她酸楚。怔怔间，韦长歌在他肩头轻拍两下，走上前扶起了凌霄，柔声道："凌大小姐何必如此。"

凌霄强自一笑，只是说不出话来。

好半天，她吸了口气，回身面对花弄影，道："花姐姐……"

花弄影肩头微震，抬起头来，眼神瞬间一阵迷茫，但只一瞬，那些痴迷，那些惘然，便已敛得干干净净，像是忘了利刃当前，依旧神态从容，落落自如道："凌大小姐，别来无恙否？"

便如故人重逢，寻常寒暄。

"多劳姐姐惦记，你那一掌还打不死我，不过养了三五年，也就好得差不多了。姐姐这些年过得还好吗？"

"还不是老样子，死不了。倒是大小姐你，苍老了许多。"

"……一晃已经二十年了，哪能不老呢？"

花弄影几不可闻地叹了口气："他一向把你当妹子疼，若是叫他见着你如今这副落魄模样，不知又该多难受了。"

话未说完，凌霄霍然抬头，紧咬下唇，眼中又是嫉恨又是愤怒，恨恨瞪着她。

花弄影面无表情，身形微微一动，像是想要踏前。

凌霄冷笑一声，道："花姐姐，这剑利得很，还是小心点好！"

花弄影瞥了眼架在颈上的利剑，也冷冷笑道："大小姐以为这样就能制得住我？别忘了，花弄影之所以变成了今天这副样子，还是拜你所赐。"

"我当然知道，这一剑若是刺在姐姐心口，姐姐只怕连眼都不会眨一下。"凌霄一双妙目顾盼盈盈，向着花弄影粲然一笑。

"只不过，我若是一不小心，把姐姐的头砍了下来，你说会怎么样？到时候，你只剩了一个头，眼睁睁看着自己的身体，死不了，又活不得，那情景，真是想想都觉得有趣！"

苏妄言听到此处，心中一动，想起方才赵老实也曾说过，花弄

影是个"不人不鬼的怪物",讶疑之下,只凝神听着她们的对话。

韦长歌虽不明其意,但听她说得恶毒,不由得皱了皱眉。

花弄影脸色微变,半晌道:"大小姐模样虽然变了,心机倒还是一样深沉。我实在没料到你竟真敢大摇大摆躲在门后。你就不怕我当真开门吗?"

"他总夸你冰雪聪明,我听得惯了,姐姐的聪明自然也就记在了心上。险是险了点,但若不冒险一试,又怎么能制得住你?"凌霄深深吸了口气,笑了笑,"实不相瞒,这法子乃是公子教我的……"

花弄影目光转动,终落在滕六郎身上。

苏妄言看了看那忘世姑娘,又看了看滕六郎,灵机一动,脱口而出:"王家先生,原来是你!"

滕六郎顺手斟了碗酒自饮,但笑不答。

韦长歌若有所思,忽而一叹:"妄言,你怎么还不明白?事情从你收到'梅园雅集'请帖的那一天就已经开始了。"

苏妄言不由得愣住。

韦长歌长身而立,淡淡一笑:"如玉公子,当真不负'天下第一聪明人'之名。"

滕六郎微笑道:"都是江湖上的朋友抬爱,倒让韦堡主见笑了。"

苏妄言眨了眨眼,又眨了眨眼,终于明白过来,恍然呼道:"君如玉——你是君如玉!"

滕六郎略一欠身,轻描淡写地道:"是王家先生,也是君如玉。苏大公子,多有得罪,还请恕罪。"

他口中虽说"恕罪",面上却是神情自若,半点没有需要谁来"恕罪"的样子。

王随风几人都很是吃惊。只觉这眼前的男子虽然明明还是那个脸色青黄、其貌不扬的客栈老板,却不知为何,又像是整个儿换了一个人似的,光彩摄人,顾盼自雄,从他身上,哪里还找得到方才那个中年病汉的半点影子?

苏妄言愣怔许久,喃喃自语:"原来如此……原来如此……"抬起头,目光灼灼,望定君如玉,"梅园主人、王家先生、滕六郎滕老板,哪一个才是如玉公子的真面目?"

君如玉只笑,不应。

一旁,他们三人这一番对答,花弄影与凌霄却都像是没听到,一个神情复杂,一个恨意深切,彼此都不开口,只是瞬也不瞬地盯着对方。

苏妄言还要再问君如玉,却听凌霄轻轻地长长叹了口气,只得暂时收了满腹疑问,听她要说些什么。

凌霄露出一个说不清是什么意味的微笑,缓缓道:"花姐姐,难得我们今天能再聚在这来归客栈,就不能好好说说话吗?"

花弄影没有说话。

凌霄又笑了笑,问:"花姐姐,你还记不记得我们第一次见面?"

花弄影好一会儿才应道:"怎么不记得……那天晚上,你骑着马来找他。你站在门口,一身男装,背着长弓,大小姐那日的模样,真是好生标致……"

凌霄禁不住微微笑起来，道："可不是吗？我连夜从家里跑出来，披星戴月地赶路，就是为了来找他。不过那天晚上，也实在叫我难过极了……那时候，我还以为一生都不会再有那样的伤心难过了。却不知道那以后叫我伤心难过的事情，竟还有那么多！一桩桩，一件件，都叫人刻骨铭心……"

停了片刻，喃喃道："可明明叫人这么伤心，为什么我却偏偏舍不得忘？非得时时刻刻想着、念着、记挂着，倒像是只有在那伤心痛楚的当口，才知道自己是活着的……是不是我前辈子欠了他，这辈子就该受这样的煎熬？"

门外，冷风贴地卷过。

你可曾为谁伤心过？那叫你伤心的是什么人？是谁叫你伤心难过，却又叫你离不开、舍不得、放不下？

这一刻，两个女子，都不约而同地看向了男人的头颅。

灯火下，男子面目宛然，那早已看熟了的脸上，似乎还挂着淡淡笑意。

——你为谁伤心过？

这个雪夜，又是谁让你怀念？

细碎往事，纷乱地涌上心来，在那当中，似乎分明有种萧瑟感觉，叫指尖渐渐泛冷，叫青丝根根斑白，就像是外间那霏霏的雪花此刻全都打在了人身上，融化的时候也就消磨了胸口那一口缠绵热气……

凌霄闭了闭眼，伸手将旁边一副棺盖上的浮尘拂去了，有些疲倦地坐到了棺盖上。

"花姐姐，你恨我，我知道！我不瞒你，这么多年，我也没有一刻不在恨你！只是有时想想，人活一世，能有多少个二十年？你我这样相争，究竟要到什么时候？又有什么意思？唉，这么一想，倒叫人灰心起来……"

花弄影漠然回答："这两年，这鬼地方总算平静了些，我也以为你是死了心，没想到今晚你倒亲自回来了。凌大小姐，你要真的放得下，又何必回来？"

"……你说得对，要是真放得下，又何必回来……可是你叫我怎么放下……又怎么才能放得下？"

凌霄看着花弄影，满是凄凉地笑了。

她还记得，那个晚上，十六岁的她倚着栏杆看见他，隔着冷寂月光，面目都是模糊，似被什么人有意遮拦了，狰狞或凄楚，温婉或睚眦，种种样貌、种种神情尽皆无从揣测，一起落在混沌里。

又觉得那人目光于弹指间越过万千沟壑就在眼前。

满座皆寂，满院都冷清，却因那一道身影，平添了光彩……

心越跳越快，仿佛什么东西呼之欲出，隐约有种预感，似乎是，只要这时候赶上去，这一生一世，便都水落石出。然那一步偏偏重如千钧，又譬若被梦魇住了怎么都动不了。

只觉那一刻至近至远。

只觉那光阴至长至短。

然而，红颜一春树，流光一掷梭。任你如花美眷，原来都浸在似水流年里——才在目光流转、顾盼之间，廿载年光却已悄然流逝去了……

苏妄言心中满满的都是疑问，见她们二人又是好半天都不说话，轻咳了一声。

凌霄收回目光，微一低首，笑了笑，怅然道："花姐姐，这些年我总在做同一个梦——梦里面，他就站在这来归客栈里看着我。我隐隐约约地知道他接下来要干什么，心里火烧一样着急！想要到他身边去，却怎么也挪不开步子！

"他看着我，像是想要说些什么，但终是还没开口，就一刀砍下了自己的头！每一次，我都眼睁睁看着他死在我面前，他的头落在地上，滚过来，还一直睁着眼看我，他发不出声音，那嘴唇却还是动啊……动啊……每一次，我都想，啊，他是有话要告诉我……"

她低头看着怀里的人头，不自禁地放柔了声音："你记不记得出事的那天晚上，他跟我说的那几句话？"

凌霄也不待花弄影开口，自己轻声答道："他说：'凌霄你记着，这件事，是我自己要为自己做的，实在是我只剩下了这一条路，非这么做不可，跟谁都没关系，你莫怪在旁人头上，将来也不要想着为我报仇。'——他这几句话，我一直都记得，可是他为什么这么说，我却越想越糊涂。花姐姐，你可知道，他这些话，究竟是什么意思？"

"……西城的意思再明白不过，他是要你放过那晚逼他的人，不要为他报仇。"

凌霄不以为然："姐姐当真这么想？他的意思，或者真是叫我放过那些人，但这'报仇'二字，却有些蹊跷。"

"怎么蹊跷?"

"他当日是自尽而死,既然是自尽,何来报仇一说?他既然知道那些人都是我爹的部下,以他的才智,难道会不知道他们是受了我的指使?更何况当时的情景,你我都是亲眼所见,那日客栈里里外外许多人里面,哪一个有能耐逼得他非死不可?"

花弄影深目如幽潭,不起涟漪:"匹夫无罪,怀璧其罪。返魂香的消息走漏,他就算能胜过王大先生和马总镖头,我们夫妻也终是不能再有一日安稳了。或许西城是想到这一层,所以心灰意冷。"

王随风被她这话勾起心事,又是悔恨,又是惭愧。一时间心绪翻腾,猛地站起身来,颤声道:"都怪我一时贪念,鬼迷心窍,害了骆大侠性命!骆大侠看不上我这条贱命,我却没脸活在世上!骆夫人,我这就把命赔给骆大侠!到了地府,再亲自向他请罪!"

他长叹一声,凝气在掌,便往头顶重重拍下。

事出突然,马有泰、赵老实都一起惊呼出声。马有泰心中有愧,更是面无人色,只道王随风这一死,自己也是难以苟活了。

便听苏妄言叫了声"且慢",他声音刚一响起,韦长歌已蓦地出手,电光火石间,将王随风手掌格住了。

王随风面上一阵抽搐,嘴唇开合,才要说话,苏妄言已笑着道:"王大先生何必如此?"

韦长歌微微一笑,坐回原处。

花弄影突地冷冷一笑:"不错,王随风,你何必如此?"

马有泰、王随风都是一怔。

花弄影视线转向凌霄,淡淡道:"莫要忘了,将军府的人可是这

位凌大小姐领来的——西城他可是一向把大小姐当做亲妹妹看的。"

唇角微扬，打住了。

她虽然不再说下去，话里的意思却是人人都听得明明白白。

王随风面色灰败，茫然若失，放下手，只呆呆看着凌霄。

凌霄默然半晌，好一会儿，才慢慢地吐出一句话来："花姐姐，其实你心里清楚，我只会对他好，从没想过要害他。他的的确确是被人害死的，但害死他的，不是我，不是马总镖头和王大先生，也不是辽东将军府。"

苏妄言侧头想了想，忽而笑了笑，道："骆大侠那几句话虽然说得古怪，但有一点是错不了的。"

韦长歌知道他心思，接口道："总是先有仇人，才会提到报仇这两个字。可骆大侠的仇人究竟是什么人？"

凌霄道："不错！他不要我报仇，但他的仇人是谁？他究竟为什么非死不可？二十年来，他的死，一直是我心中最大的疑团。这二十年来，我虽四处漂泊，却不曾有一日忘记过这些问题，只是想来想去，始终想不到答案。"

停了停，慢慢将众人一个一个看了过来，轻声问道："王大先生、马总镖头、赵老板，当年的事你们都是亲眼见了的；韦堡主、苏大公子，事情的经过，你们方才也都听说了——你们知不知道，他是为什么？"

几人都是摇头。

凌霄道："我知道，你们心里也都有许多问题，趁着今天大家都在，我便也把我知道的部分原原本本说出来，也请各位帮我解解我心里这个谜团！"

又向花弄影道："花姐姐，我有哪里说得不对的，烦你给我指出来。"

花弄影没有回答，只望着灯火出神，好一会儿才若有若无地一笑。

凌霄又笑了笑，却像是不知从何说起。

她还记得将军府里片刻欢愉，清晰如昨日。

又是什么时候开始，生命里只剩下无穷无尽无边无际的苦？

是十四岁母亲的病逝？

是十六岁将军府里的匆匆一瞥？

是那一晚盗香出走，隔着重重兵马以死相胁，与父亲诀别？

还是从那一刻，知道他的心里，原来没有凌大小姐……

低头凝想许久，她终于缓缓开口道："我出生在辽东镇军将军府。"

我出生在辽东镇军将军府，是镇军大将军凌显的女儿。

那会儿，爹说我像他，最疼的就是我。所以里里外外上上下下，任谁见了我，都得恭恭敬敬，叫一声"凌大小姐"。

人都说，凌大将军和夫人伉俪情深，最是世上少有的恩爱夫妻。有整整十四年，我也是这样相信的。直到那年冬天，娘得了重病。

世人都知道，镇军将军府里有返魂香，能起死回生，却死返魂。我看娘的病一天比一天重，便去求爹拿返魂香出来救娘，没想到，他却一口就回绝了我，说什么"返魂香世间罕有，岂能用在寻常妇人身上？"

我在书房门外跪了一天一夜，终于还是救不了娘的性命。

就在那一刻，心里就像是有一处什么地方，轰然塌陷了，连同过去十四年的美好记忆，连同心底某种信念、某种向往，都一齐灰飞烟灭，再不能挽回……

我从此只当自己哑了，再也不肯说话。大将军或许是觉得亏欠了我，那以后不管我想做什么，都事事由着我。

那天是九月初三，凌大将军的五十大寿，将军府里摆下了酒席，大宴宾客。后花园里，有一座三层的飞觞楼，那一晚，寿宴就设在这座飞觞楼上。

那天晚上，飞觞楼上高朋满座，冠盖云集。我坐在席上，忍不住又想起我那苦命的娘，心中凄苦，眼前的种种热闹，也就像是跟我一点儿关系都没有了。

酒到半酣时，所有人的兴致也都到了最高点，那些阿谀逢迎的话更是像流水一样从客人们嘴里说出来。喧哗中，不知是谁大声恭维说："凌大将军是当世武穆，朝堂柱石，天下人谁不敬仰？人生到了这个境界，真算得上是十全十美！所以说做人就须得像大将军这样，才不枉在人世走了一遭！"

众人都是齐声响应。

但我爹却叹了一声，回答说："什么当世武穆、朝堂柱石，都是些名缰利锁，不值一提！我这一生就只有一件恨事——我只恨，我那位好夫人去得太早，抛下我和一双儿女相依为命……这些年，我常常一觉醒来，恍恍惚惚，倒觉得夫人还在我身边似的……唉，人活在世上，哪有十全十美的？自是人生长恨水长东吧！”

一时间，那些人都不知道说什么好，只听得一片干笑声，接着便都沉默了。

我听他提起我娘，心里像是有根锥子钻也似的疼！早在心里骂了他一千次、一万次！只恨自己为什么会有这么个无情无义的父亲？！

我正坐着发怔，突然间，就听得远处有个男子的声音沉沉吟道："怅浮生，俯仰迹成空，依然此江山。对秋容如画，天长雁度，水阔鸥闲。追游未甘老态，凭酒借红颜……"那声音隔得还远，听着，却又像是近在耳边。略有点低，听在耳里，就像是有一根弦，轻轻地拨过了心上。

突然之间，整个飞觞楼都静了下来。

我挺直身子，向楼下看去。

外面月色正明，地上薄薄地升腾着一层水气。

我看见远处月下隐隐约约有一条人影，口中吟诗，步月而来，行动潇洒，转眼工夫就站在了飞觞楼下。他穿着身石蓝色的布衣，背一把长刀，微昂着头看上来，高高大大，一身都是磊落气。

那男人身子一纵，就到了飞觞楼上。那一晚，是我爹的五十大寿，府中守卫森严，也不知道他究竟是怎么进来的。座中宾客，许多是我爹的部将，此时回过神，都是大哗，纷纷拿起刀剑将他团团围在了中间。

我倚着栏杆望下去，看到他，就像是中了魔咒，丝毫动弹不得……恍恍惚惚间，只听见爹在问他是什么人，来将军府做什么。

他连瞧都不瞧旁边那些人，只道是"听闻凌将军在此宴客，想来讨口酒喝"。我爹大笑起来，一挥手，命众人都退下了，跟着就叫人即刻添设碗碟、搬来桌凳。他拱拱手，就入了座。我爹也不管他，神情自若，只和别人说些闲话。

他目不旁视，也不说话，饭菜都不动，只一杯接一杯喝酒，就像是根本不知道这将军府是什么地方，倒叫我为他担心得不行。

约摸过了一炷香的工夫，这男人突然一声长啸，长身而起。所有人都没了声音，直直盯着他。我心里也是七上八下，嗓子里干得发不出声音。

他从从容容地开了口，说："凌大将军，实不相瞒，在下骆西城，今晚是来府上盗取返魂香的。我敬重将军为人，原本不该相扰，只是人生在世，许多事虽然不得已却也只能为之。我这番意思，想必大将军也能明白。今夜既然是凌大将军寿辰，那就算了。三日之后，骆西城当再来访。"说完了，也不等人回答，转身大步下楼去了。

一时间，所有人都鼓噪起来，好些人想要冲下楼去拦住他，却都被爹止住了。

等他走得远了，爹才说："此人孤身犯险，必非等闲之辈，你们不是他对手。"

那天晚上，我就翻来覆去地睡不着觉。

他的影子像是烙在了眼上，怎么都挥不开。我又怕他来，又盼着他来。我怕他来了会有危险，又盼着他能早些儿来，早些儿让我见着他。我明明才只见过他一次，可不知道为什么，心里念念不忘，竟都是他！只觉得要是再过一刻，我还不能见到他，我就要死了！

我活了十六年，却是在那天晚上，才第一次知道了原来相思是这种滋味——苦不堪言，又缠绵入骨，叫人生死两忘……

三天后，他再来的时候，是堂堂正正从大门进来的，那么多士兵都拦他不住，让他一路闯到了藏宝阁。我爹知道他要来，一早便在藏宝阁下安排好了人手，他一到藏宝阁外，就被团团围住了。那些都是一流的高手，但他在重重围困之中，却是全无惧色，依旧谈笑风生。

那天，我也提着剑在一旁掠阵，说是掠阵，但从头到尾，我却只知道呆呆望着他，连自己该做什么都忘记了。我正发愣，突然，不知怎的，他就到了我面前！

他离我那么近，他的脸正对着我的脸，我看到他眼里映着我的影子。他说，这位便是凌大小姐吧？飒爽英姿，果然有将门气派。

我不知道我是脸红了，还是笑了，只是怔怔地提不起半点力道，任由他把我手里的剑夺去了。那原是一把普普通通的佩剑，到了他手里，就像是变成了神兵利器，他拿着我的剑，流云一样穿梭来往，那样子威风凛凛，又说不出的潇洒。

世上若有真英雄，便该是他这样吧！

他武功高强，几十个高手都制不住他，爹终于调来了弓弩手。

爹让他们全都住了手，说："骆大侠，你要是悄悄地来，以你的武功要盗取返魂香应该不是难事。你却为何事先告诉了我，倒让我有了防备？"

他说："骆西城一生不做鸡鸣狗盗之事，虽说不得已要借府上的返魂香一用，却也不能欺你。"

爹听了，笑了笑，说："老夫敬你是条汉子，若是别的东西，拱手相赠又有何妨？但唯有这返魂香，无论如何不能让你带走。这院子已经被弓弩手重重围住，只要我一声令下，就是大罗金仙也休想逃出生天。但你既不欺我，我也不能欺你，骆大侠今日就先请回吧！返魂香的事，骆大侠放心，老夫日后自会亲自登门拜访，给你一个说法。"

他听了，也不犹豫，应了声"好"，说："凌大将军一言九鼎，骆西城有什么不放心的？"说完大步走过来把剑递在我手里，笑了笑，转身走了。

那时候，我看着他的背影，就暗暗下定了决心——这一生一世，不管他去到哪里，我总是要跟他一辈子了！

——韦堡主，苏大公子，你们有没有看过戏？

戏里面，总是墙头马上遥相顾，一见知君即断肠。

我遇到他之后的事，也都是些老套戏码。

我为他盗了返魂香，星夜出走，千里迢迢，到衡阳去找他。

那个晚上，他来开门，我一见到他面，欢喜得落下泪来！但也是那个晚上，我才知道，他原来已经有了花姐姐——他那样从容不迫，那样笑对生死，豁出性命不要，原来都是为了他妻子！

那天晚上，我站在门口，看着躺在床上的花姐姐，说不出话来。

返魂香压在心口，叫我动弹不得。

可是，你若爱一个人，便不该叫他伤心难过。我一心一意，就只是要他欢喜——我给了他返魂香，让他救人。可是不知为什么，花姐姐用了返魂香，却一点儿用处也没有。返魂香仿佛只是一场美梦，叫做过梦的人，越发活得痛苦……

返魂香虽然没用，但我知道，只要一日找不到药治好花姐姐，他就一日不会死心。

我说过了，我只要他欢喜，不管他想做什么，我总会尽力帮他。

我已经慷慨过一次，也只好第二次、第三次……一直慷慨下去。

那以后，我便再没有回过将军府，只是一个人在江湖上辗转漂泊，一听到哪里有名医妙药就赶上门去，只盼能有万分之一的机会，可以帮到他。不知吃了多少苦头，虚耗了多少光阴，却总是无功而返。

我怕看见他失望难过的样子，也不敢回去找他——那时候，天下之大，却总叫我有种无处容身之感……

每到晚上，看着镜子里的自己，总是一遍一遍想起他站在飞觞楼上的样子，想起他说过的那句：这位便是凌大小姐吧？飒爽英姿，果然有将门气派。

便觉得生死都是寂寞了。

就是那时候，叫我遇到了苏三公子。

我遇到苏三公子和月相思，是在一条船上。

那天晚上，夜已经很深了，同船的人都睡着了。只有我因为心里有事，睡不着。船到中途，上来了一对年轻男女，两人还带着一个婴儿。

——苏大公子，那个婴儿就是你。

我那时候不知道这一男一女是什么人，还以为是一对带了孩子的年轻夫妻。那男人长得那么好看，我只朝他望了一眼，就再也挪不开目光。

那男人很年轻，无端的，就叫人想起"芝兰玉树"四字。那眉目五官，无一不令人怦然心动，哪怕是在船上昏黄而微弱的灯火下，也是那么动人心魄的好看。那双眼睛，更是清亮得能醉人似的，仿佛看透了这茫茫夜色，落在了某个不知名的虚空中。

他们上了船，那男人抱着婴儿，和那女人靠坐在一起，两人小声说着话。那婴儿被裹在褓褓里，睁大了眼睛四处张望，不肯安分。男人就轻轻拍着他，哄他睡觉。

那女人看了，忍不住笑起来，把婴儿接过去，哼着歌儿哄他。过了一会儿，突然红着脸说："你看这孩子，眉眼倒有些像你。"

那男子伸手摸了摸婴儿的脸，笑了笑，道："他是大哥的孩子，自然会有些像我。"他不知有些什么心事，顿了顿，像是有些感慨，又自言自语地道，"也不求别的，只盼他无灾无病，能好好地长大，我心里便欢喜了。"

那女子便问他："你就这么喜欢这孩子？"

他回答说："她临终之前，把妄言托付给大哥和我。我亲口答允了她，只要有我苏意一日，就谁也欺负不了这孩子。"

女人点了点头，嘴里又哼着歌儿逗那婴儿。

不知道过了多久，男人突然叹了口气，说："总有一天，我会为这孩子死的。"

女人恼怒起来，说"好好的，怎么突然说这个……"

男人就对她笑了笑，平平静静地道："死生原是寻常事，有什么说不得的。"

那女人好一会儿没说话，一开口，连声音都在发颤，却斩钉截铁地说了句："我不让你死！就是有一天你死了，我也能让你活过来！"

那时，我还不知道他们是什么人，也不知道那女人是真的有办法，还是信口开玩笑，但她那句话却正说中了我的心事——花姐姐的病，眼看越来越重，我实在不敢去想，若是花姐姐有个万一，他会怎么样！所以在那关头，哪怕只有一点机会我也都不能放过。

于是等下了船，我就一路尾随着他们。男人发现了，问我有什么事。我那时也顾不得许多，开口就问："姑娘说，就是死了的人也能救活，可是真的吗？"

那女人扫了我一眼，冷笑着说："月相思几时说过假话？"

我听了她这句话，这才知道她就是一幻境的月相思，欢喜得不知如何是好！我立刻就跪在了她面前，求她帮我救人！

但我苦苦哀求，月相思却连看也不看我一眼，就拉着苏三公子要走。苏三公子皱了皱眉头，把我扶起来，问我要救什么人。

若不是亲眼所见，谁会相信，月相思那样傲气的人，竟然也会跟人低头？！

她原本已经走开了的，见苏三公子停下来跟我说话，才又抱着孩子折了回来，耐着性子听我们说话。

我从自己的身世说起，把事情的来龙去脉都原原本本告诉了他们。

苏三公子便问我："花弄影是骆西城的夫人，而你喜欢骆西城，花弄影若是死了，岂不是正好成全了你吗？你为什么还要求相思救她？"

我想了想，说："我求月姑娘救人，其实并不是为了救人，只是因为我喜欢他，看不得他有半点难过。"

月相思听了，一言不发地看向苏三公子。苏三公子却不知在看着什么地方，惘然若失。月相思瞧着他的侧脸，像是痴了。

当时，我心里着急，见她和苏三公子都不说话，忍不住小声问她："月姑娘，你有什么法子能治好花姐姐？"

月相思摇了摇头，说："我治不好她。"

我啊了一声，失望得说不出话来，好半天才问："那……那我该怎么办……我该怎么办？"

月相思盯着我看了许久，只说了两个字——

"等死。"

七·刑天

洞开的店门外，静静伫立着一条青色人影。

人影手中提了一柄长刀，刀口映着雪色泛起青械械的寒光。

一片死寂中，那"人"一步一步，在风雪中慢慢走近，仿佛一场永远醒不过来的噩梦。

"等死？"

来归客栈里，马有泰愣愣地问。

韦长歌眼睛微微一亮，笑道："我猜月相思的意思，就真是让骆夫人'等死'。"

凌霄说到这里，马有泰等人原本已是有些迷惑，听了他这句话，就更是大感不解，一起把目光投向花弄影。

花弄影眼睑半闭，不知在想什么，脸上一派淡漠。

凌霄一笑，接着道："我听了她的话，像是寒冬腊月掉在了冰窟里，心里突然就空空的，只觉得冷。许久许久，脱口道：'花姐姐死了，他怎么办？'月相思却笑起来，道：'她病已入骨，我不能治，可如果她死了，我就能把她救活。'"

苏妄言忍不住道："都说月相思能沟通幽冥，起死回生，难道是真的？"

凌霄望着他笑笑，道："我听她这么说，也是不敢相信。苏三公子听了她的话，却叹了口气，他把你抱在手里给我看，说：'你看到这孩子吗？'我呆呆地回答说：'看到了，是个婴儿。'苏三公子笑了笑，点头道：'是个婴儿。可是在我眼里看到的，却是他将来的模样——这个婴儿，有一天会慢慢长出牙齿，长出好看的头发，慢慢地，就变成天底下最美的孩子。'我看着那婴儿，忍不住点了点头，道：'这孩子现下就已这么可爱，长大自然是个大美人儿。'"

君如玉一直没有说话，此时却突地笑道："苏三公子通透人物，怎么这句话却说得恁古怪？那婴儿再怎么可爱，长大了也是个男人，哪有用'美'来说男人的？"

　　韦长歌心头一动，望向身旁那人——那张看了十几年的脸，平日只觉俊俏，此时细细一看，竟果然秀气非常。一时间，思绪纷乱，种种回忆都涌上心来。

　　苏妄言只含笑催问："后来呢?"

　　凌霄也是一怔，道："苏三公子说：'我看着他，也看到有一天他牙齿掉光、满头白发的样子。他现下虽然还小，但我知道，终有一天他也是会死的。不光这孩子，我们一来到世上，就已经注定了有一天会死。生死命也，修短数也，又岂是能强求的? '我听了他的话，懵懵懂懂的，像是明白了什么，又像是什么都不明白。他微微笑着，又说：'这世上的东西，若是求而不得，便总是不如不求的好。'月相思听了，只是望着他不说话。我想了半天，才回答他：'我也不知道我这么做是对还是错，也许是我强求了。可我只知道，我喜欢他，不要他难过。'苏三公子见始终不能说服我，最后便只说：'既然如此，我只希望你今后能好好的，不必后悔'。

　　"……苏三公子说得没错，我那时不听他话，到如今真是后悔莫及。"

　　凌霄叹了口气，惨然一笑。

　　苏妄言默默注视着她。女人乌黑的发间如今已夹杂了突兀而醒目的银白颜色，面目沧桑，眼底满满的都是荒凉意。每到人静时分，她若回想起二十多年前那个温婉如春、着鹅黄衣衫的少女，回想起将军府里一呼百应的过去，不知会不会有隔世之感?

　　雪仍然落着。

　　"……我这辈子做了许多事，不知道是对还是错。只是每一次，我都觉得自己非那么做不可。

"我求月相思教了我起死回生的办法，原本也很是犹豫，但当我回到衡阳见到他的那一刻，我就知道，非得如此。那时候，我才一进门就看到满地都是空酒坛子，横七竖八地倒着，他呆呆地坐在床前，两手紧紧抓着花姐姐的手，两眼通红，脸色却白得像死人一样。我骇得呆住了，好半天才朝床上看去，只一眼，我就什么都明白了——花姐姐躺在床上，一动不动，竟已是气息全无。原来我回去的时候，花姐姐已死了三天了。"

几人听到这里，不由得都愣住了，再看花弄影坐在一旁，一脸淡漠，便都有些忐忑惊惧，只暗暗道："这世上难道真有起死回生的办法不成？"

"我心里一阵惊跳，看看他，又看看花姐姐，终于开口道：'骆大哥，你允我一件事，我就帮你把她救回来。'"

韦长歌道："凌大小姐要骆大侠答应的是什么事？"

凌霄看向花弄影，淡淡道："我要他与我击掌盟誓，我愿做他妹子，只求永永远远能和他在一起，我要他答应，一生都不能抛下我。"

此言一出，众人不由得又都是一怔。

王随风忍不住叹道："凌大小姐这又是何苦？"

凌霄涩涩道："我虽然一心一意爱他，他却一心一意只爱他夫人，我也别无他求，只愿能与他结为兄妹，能长长久久地伴着他，时时看到他……"

众人听在耳里，都觉有些心酸。

好半天，苏妄言才问道："凌大小姐，你究竟是用什么法子救活骆夫人的？"

凌霄微微一默，叹道："苏大公子，我的法子，其实方才赵老板已经告诉各位了。"

赵老实瞟了一眼花弄影，眼珠四下乱转，咽了口唾沫，道："大小姐说的，是、是骆夫人项上那道伤痕？"

凌霄微一点头，道："民间向来有藏魂寄石之术，月相思教我的法子，就是藏魂——只要在人死后七天内，砍下死者首级，焚香施法，把死者散开的魂魄敛在一起，收入藏魂坛里，再把身首相合，死了的人便能活过来。虽说身子是死的，但魂魄不散，行动自如，便和活着的时候一样。只要藏魂坛不破，就可以一直活下去。那时候，我就是用这藏魂术救回了花姐姐。"

众人都觉匪夷所思。

凌霄说到这里，转向苏妄言，解释道："当年月相思传我此术，苏三公子也在一旁。西城、花姐姐和我，恩怨纠缠，种种曲折，他也都是知道的。那日在锦城外，我请大公子给苏三公子送去那幅《刑天图》，便是此意。只盼他见了那画，能念及旧情，出手相助。"

"原来如此……我当时不明白，为什么那明明是画的刑天断首，画上的题诗却偏偏是一句'嫦娥应悔偷灵药'。现在我才明白了——这一幅画、一句诗，无关的人看了必是不解其义，但他老人家知晓来龙去脉，自然能明白画中之意。果然，那日他听我说了你的名字和画上的内容，立刻就明白了，让我带着秋水剑出来帮你。"

苏妄言侧着头想了想，又斟酌着问道："骆大侠断首而死，大小姐包下这客栈七日，就是想再用这法子救活他？"

凌霄微微点头，低声叹道："我是想要再让他活过来，可惜……"

话没说完，便听花弄影在一旁轻笑出声，截口道："何止可以活过来，那以后，就是想死，也都死不了了。"

她半隐在阴影中，看不清神色，但只声音，怨毒之意已然清晰可辨。

凌霄叹了口气，道："我救了你性命，为怕你误会，与他结了兄妹之谊，我退让至此，你为何却还是容不下我？"

花弄影表情森然，冷冷反问："你问我为何容不下你，你当真不知道为什么？你对他，真是一见倾心？你给他的，当真是返魂香？"

凌霄脸色一变，怒道："花弄影，你这是什么意思？难道我抛下将军府的荣华富贵来找他，就是为了给他假的返魂香？"

花弄影也不理她，自顾自接着问道："凌大小姐，我只问你一件事——你把王大先生、马总镖头、赵老板他们都找了来，是为了什么？"

王、马几人方才听凌霄述说往事，虽然嘴上不说，暗地里都认定了花弄影性格偏激，小气多疑，才造成了后来的局面，此时听到花弄影竟问了这样一个莫名其妙的问题，不由得大是茫然。

凌霄闻言突然一默，片刻，涩涩笑道："当年事情发生得太突然，我虽然从头到尾都参与其中，但许多细节，除了他们三位，世上就再也没人知道了。"

花弄影嘴角微挑，有些讥讽地一笑，却似是不想多说，懒懒地别开了头。

苏妄言眼尖，瞥见凌霄抱着骆西城人头的手几不可见地抖了抖，样子竟像是十分紧张，心头一动，隐隐觉得似乎有什么地方不对，不由得转头看向韦长歌。才转到一半，身子却陡地顿住了——

洞开的店门外，静静伫立着一条青色人影。

人影手中提了一柄长刀，刀口映着雪色泛起青槭槭的寒光。

一片死寂中，那"人"一步一步，在风雪中慢慢走近，仿佛一场永远醒不过来的噩梦。

马有泰等人骇得叫不出声，就连韦长歌亦是微微变色，失声叫道："刑天！"

凌霄乍见那人影，心头一阵邅痛，奔前两步，一声"骆大哥"生生卡在嗓子眼儿，那接踵而至排山倒海一拥而上的酸楚，却是连自己都不知是爱意还是凄切……只觉面上湿漉漉的，已滚下泪来。

君如玉目光一凛，大声道："快关门锁窗！"

一面转身，飞快地将身后一扇窗户闩上了。

众人一个个都恍若在梦中，这才惊醒，忙跌跌撞撞扑去关窗。

苏妄言一震惊醒，便要去关门，脚下才一动，旁边一人疾步闪过，一面沉声道："我来！"

却是韦长歌抢先一步，掠到了门口。

韦长歌才要关门，那"刑天"一只脚却已踏在门内。韦长歌微一皱眉，心念电转，扬声道："我引'他'出去！妄言，你快关门！"

话才出口，一掌拍出，刑天也不闪躲，一刀直劈下来，刀势快绝，

韦长歌暗自心惊，忙一缩手，身子一侧，绕到刑天身后。

刑天虽无耳目，却像是有所感应，随之转身，又是一刀劈下。

苏妄言乍一看到韦长歌与刑天交手，便已是大惊失色，也顾不得关门，只是死死盯着外面——刑天身法极快，刀势凌厉无比，若是自己，只怕走不过三招——正干着急，旁边马有泰竟疾奔过来飞快地把门关上了。

苏妄言大怒，抬手便是一掌，马有泰不防，就地一滚，堪堪避过，狼狈叫道："苏大公子，你干什么！"

苏妄言盛怒之下，也不言语，抽出佩剑，银光一闪，已连刺九剑，怒道："你没看韦长歌还在外面吗?!"

马有泰慌忙跃开，愤愤道："苏大公子！那怪物这般厉害，让它进来，咱们就都完了！"

苏妄言冷着脸窜到门口，又将门拉开了，余光瞥见马有泰动了一动，也不说话，只恶狠狠地把剑一横。

马有泰几人心急如焚，想要过来关门，又怕那东西还没进来，就惹怒了这位苏大公子，先被他刺上一剑，一时僵住。

苏妄言急急往外看去，正见韦长歌一掌打在刑天胸口，不禁大喜，才要叫好，刑天却只是一抖便又攻向韦长歌。

苏妄言情急之下，也不及细想，提起手里佩剑就对准刑天狠狠掷出。

凌霄虽然明知道那一剑伤不了刑天分毫，却还是尖叫一声，便要扑上来。

就连花弄影也是脸色一白。

　　眼见那剑便要刺向对方胸口，韦长歌却一声清啸，提气纵起，抢先一步把剑接在了手中，他这一分神，寒光过处，刑天已一刀落下。苏妄言脸上陡地一白，却看韦长歌于避无可避之间，硬生生又往前移开了尺许。那一刀便只在他右肩一挂，留下一道血痕。

　　韦长歌负痛转身，重重一掌，将刑天击得倒退几步，趁势窜进门来。

　　他前脚进门，苏妄言后脚便已扑过去，将门合上了，君如玉喝了句"让开"，双手平推，将一口棺材推得飞起，苏妄言闻声凌空跃起，一声巨响，那棺木飞撞过来，紧紧抵在了店门上。

　　众人纷纷有样学样，将店里棺材搬来抵住了门窗。只听刑天在外连撞数次，终于没了动静。

　　诸人侧耳聆听，许久无人说话。

　　韦长歌和苏妄言并肩立在门边，到这时才长长舒了口气，对望一眼，一齐大笑起来。

　　韦长歌笑完了，把那剑往苏妄言手里一塞，道："怎么这么不当心?!苏家子弟，剑在人在——我还记得，你倒忘了!若是落在外头，谁有那闲工夫帮你找去?"

　　苏妄言还剑入鞘，只是笑。

　　君如玉笑问："韦堡主，伤得重吗?"

　　韦长歌微笑道："不碍事。"

　　苏妄言看了看韦长歌伤口，顺手抓住他衣袖，用力撕下一截来。

　　韦长歌看着他的动作，哭笑不得，无可奈何地叹了口气："妄言，你就是要帮我包扎伤口，叫我承你的情，好歹也该从自己衣服

上撕块布吧？怎么这么小气？”

苏妄言从鼻子里哼了一声，胡乱帮他把伤口扎上了。

屋里众人至此方惊魂稍定，马有泰一脸尴尬，期期艾艾地道：“韦堡主，适才我……”

“事急从权，马总镖头无须在意。”韦长歌淡淡一笑，回身转向凌霄和君如玉，“现在该怎么办？”

君如玉面色凝重，好一会儿，才低声道：“你听。”——屋外，“嘎吱、嘎吱”的声音，在空旷的雪地里传得格外的远。

王随风惊道：“他在做什么？”

苏妄言沉声道：“他是在围着这客栈绕圈子。”

赵老实颤声道：“……那……那是为什么？”

却听花弄影冷冰冰地道：“他的头在这里，他不来这里，又该去哪儿？”

几人都是一惊。

韦长歌苦笑道：“骆夫人是说，骆大侠的身体，是被他的头牵引而来的，若是不让他进来，他就会一直守在外面？”

马有泰惊道：“他若不走，我们怎么办？凌大小姐，你还是把头还给他吧！”

凌霄默然片刻，道：“如今就是把头给‘他’又有什么用？方才的情景，你也看见了——马总镖头、王大先生，你们的身手比韦堡主如何？”

两人都是一默。

马有泰道：“那你们说怎么办？”

凌霄漠然地望着手上的头颅，半晌道："等。"

王随风一怔："等？"

花弄影闻言，却突地问道："凌大小姐，你等的人若是不来，你怎么办？"

凌霄一颤，霍然抬头看向花弄影。

花弄影淡淡道："要不是找到了请动月相思的办法，你又怎么敢回来？"一顿，又问道，"凌家妹子，她若不来，你怎么办？"

马有泰、王随风一怔，随即异口同声问道：

"你要等的人是月相思？"

"你等的真是月相思？"

凌霄也不理会二人，一咬牙，厉声道："她若不来，就大家一起死在这里！"

马、王几人，都是脸上一青。就连持剑站在花弄影身后的女子，手上也是微微一抖。

花弄影瞥她一眼，突地轻笑起来，那笑声越来越响，越来越凄厉，慢慢变成了悲鸣："好！好！我是活了二十年的鬼，原不在乎这个！我只想看看，看看他怎么一刀把你的头劈下来！"

苏妄言听在耳里，只觉一阵心惊肉跳，半晌动弹不得。

凌霄脸色铁青，回身向旁边一口棺材上坐了，再不说话。

众人各怀心事，各自坐下了，一时无语，只听灯花不时啪啪爆开，衬得屋外那脚步声分外惊心。

苏妄言沉默了片刻，实在按捺不住满腹疑惑，问："骆大侠他怎么……怎么会变成现在这样子的？凌大小姐，你既然能用月相思教

你的藏魂术救活骆夫人，为什么不用这法子来救骆大侠？"

凌霄闻言却大笑起来，高声道："问得好！问得好！"

她将怀中的人头高高举起，向座中众人道："诸位可知道，当日我包下这客栈七天，就是要用藏魂术来救骆大哥！谁知眼看已经到了最后一天，却出了岔子！"

马有泰惑道："出了什么岔子？"

凌霄一边不住声地冷笑，一边咬着牙道："便要问他这位好夫人了！"

韦、苏几人一齐看向花弄影。

凌霄道："最后一天，我施法已毕，封好藏魂坛，就要将他身首合在一起，紧要关头，便是这位骆夫人闯进来，拿剑刺我！

"我右胸中了她一剑，仓皇中，什么都来不及去想，只得跳窗逃脱。那晚，我带着伤冒险潜回客栈，便只看到他躺在床上，却不见了他的藏魂坛……一开始，我还以为花弄影逼走我后，自己救回了他，心里欢喜极了，可等我到了近前，我才猛然发现，他的头和身子，竟没有合拢！

"我大惊之下，在那屋子里四处翻找，却怎么也找不到他的藏魂坛！他的藏魂坛在哪儿？花弄影为什么不让他活过来？他的藏魂坛可是打破了？我正着急，突然听见外面花弄影的脚步声到了门口，我情急之下，也顾不得许多，只来得及带走了他的头……"

苏妄言疑惑陡生，暗道：花弄影素有"飞天夜叉"之名，轻功绝顶，凌霄却只是个武功平平的千金小姐，花弄影若有心要杀凌霄，又怎会在走动之际发出声响让她察觉？

　　凌霄想起旧事，忍不住幽幽叹息："我本想，过几日养好伤，再回来找到藏魂坛，带走他的身子，只是没料到，等我回来的时候，他……他已经……"

　　韦长歌接口道："这么说来，骆大侠既没有活过来，身体之中也已没了魂魄？既然没有魂魄，他的身体为何还能四处走动杀人？"

　　"他……他虽杀了许多人，但这些，都不是他自己的意思——藏魂坛能保肉身不腐，他失了魂魄，行动虽然自如，却已是行尸走肉，神志全失。若他身子完整，倒也还好，可偏偏又受着这身首分离之苦，因此行动便全靠一股戾气牵引……我回来的时候，他正四处杀人，我既阻止不了他，也已经带不走他了……"

　　凌霄怅然叹息。

　　"我第二次回来，中了花弄影一掌，足足用了四年的时间才养好伤。后来那几年，我去过萧山庄，去过衡阳城，去过大漠，还偷偷来过几次长乐镇……凡是我能想到的地方，我都去找过了，却始终找不到他的藏魂坛！无奈之下，也只好想别的法子……"

　　苏妄言问："于是十年前的冬天，你就去了苏家？"

　　"月相思传我藏魂术的时候，曾说过另有搜魂之术。于是我就想，能不能用搜魂术找出藏魂坛在何处，让他活过来。只是没想到，这件事，竟会这么难，一眨眼，已经是二十年过去了……二十年——你们可知道，这二十年，我过的是什么样的日子?！"

　　凌霄轻叹一声，怅然问道："花姐姐，你究竟把东西藏在了什么地方？你为什么不让我救他？"

　　花弄影笑了笑，针锋相对，也反问："凌大小姐，你苦求月相思十年，就只为了他的藏魂坛？你把赵老板他们都找来，就是为了听他们说故事？"

这第二个问题，这一夜，花弄影已是第二次问起，凌霄也已是第二次避而不答。

王随风、马有泰疑心大炽，只是不露声色。

韦、苏二人交换了个眼色，也都觉得有些古怪——凌霄一现身，好几次有意无意都说到找王随风、马有泰、赵老实三人来，是为了听他们亲口说出当年的经过。这理由听来极自然，也极有道理，但花弄影却再三提出，倒像是这个简简单单的问题里，蕴涵了什么重要的东西。

韦、苏二人疑惑之下，直觉其中必有什么两人还没想通的关窍在。

花、凌二人默默对视许久，都不再作声。

众人喧扰了一夜，也早疲倦了，渐渐都沉默了下来，各怀了心思，闭目养神。而外面雪地里，刑天沉重而缓慢的脚步声规律地回响着。

二十年前的那一夜，来归客栈究竟发生了什么？

二十年后的这一晚，这里又将会发生些什么？

在肉眼可见的事实之下，有多少过往、多少真相，隐藏在生者的说辞之中，随亡者的记忆湮没无闻？眼前的人们，他们或苍老、或妩媚、或猥琐的脸，在那一个个不为人知的瞬间，又是怎样衍生出种种不同面目？

反复的思量与忐忑中，灯光渐渐黯淡了下去。

　　棺材盖上的油灯不知何时已熄了，徒留下四壁的灯火，躲在灯罩背后，忽明忽暗地跳动。

　　青白色的雪光透过纸窗映射在屋顶，像一层凝固的浅浅的水均匀地在头顶展开。暗昧的水光幻化出无数光影。无数古怪的景象，纷沓而来，在惘然思绪里纠葛成死结。

　　提着白纱灯的绿衣青年、血雨中浅笑的红衣夜叉、提着头颅步步走近的无头男子、冷冽月光下男子清澈却不能视物的眼睛……

　　苏妄言抱着装有秋水的剑匣，不知不觉，陷在了浅浅的梦境里。

　　也许在苏妄言的思考里，从来就不曾出现过"危险"和"害怕"。就连眼下守在门外的刑天，在他看来，说不定也和散步的猛兽没有区别。——韦长歌听着他绵长的呼吸，这样想着，然后不出声地笑了。

　　不知过了多久，簌簌雪声里，远处依稀传来一阵清脆的铃音，却像是朝着长乐镇的方向来的。屋中诸人不由得都睁开了眼睛。稍近点，便听铃音中，有什么人踩着极轻巧的步子，极快地走近了。

　　君如玉倏地道："有人来了！"

　　众人都是精神大振，一齐看向被棺木堵死的大门。

　　不多时，那脚步声已停在了门口，跟着就是一阵混杂之至的声响，铃声、脚步声、刀风声……

　　突然间一声钝响，外间便又安静了下来。

　　众人正面面相觑，便听外面有人啪啪拍着门，一边扬声问道："苏大公子！苏大公子可是在里面？"

听声音却是个女子。

韦、苏二人交视一眼，苏妄言也扬声答道："苏妄言在此，外面是什么人？"

那人呀了一声，像是大有欢喜之意，笑语道："苏大公子放心，我从滇北来，可不是苏家的人！快些开门吧！"

马有泰满脸喜色，低声道："难道是月相思来了？"连忙抢上去，慌慌张张把那棺木搬开了。

才一开门，便觉香气袭人，外间那人一闪身，已站在了门口。

走进来归客栈的，是一个落落大方的美貌妇人，丰容盛装，姿态妍媚，耳上明月珠，发间金步摇，皓腕上左右两边各有一串金铃，行动之际便不断发出清脆的铃音。一身华服，即使在灯光黯淡的客栈大堂内，也耀得人几乎睁不开眼来。

这美妇一进门，妙目流盼，视线在韦长歌和苏妄言之间打了个转，停在后者身上。一开口，未语先笑："你是苏妄言？"

苏妄言点了点头。

这美妇拍手笑道："果然没错！苏大公子，咱们这就走吧！"

苏妄言还没弄明白她来意，闻言一怔。

这美妇说话甚快，却是个急性子，见苏妄言不答话，立刻抢着笑道："你放心，外头那怪物已让我制住了！"

众人这才注意到她身后一道身影动也不动地俯卧在雪地上，赫然就是那无头刑天。凌霄惊呼一声，直扑过去。花弄影神色微变，情不自禁，就想站起，却终于还是没有动，不知是顾虑持剑坐在身后的忘世姑娘，还是不愿意站起。

　　韦、苏几人虽有些疑惑，但见她制伏了刑天，便都以为这美妇便是月相思无疑了。

　　一时间，几乎人人都在想：难道这富贵妖娆的美妇人竟然就是传说中无血无情的一幻境主人吗？

　　正各自惊诧，只听凌霄含怒问道："你是什么人？你把他怎么了？"

　　马有泰失声道："你不是月相思？"

　　那美妇笑盈盈地道："我几时说过我是她了？"

　　众人这才知道，这美妇果然不是月相思，也不知是该失望还是该松口气，唯独君如玉眉尖一抖，脸色瞬间有些难看。

　　苏妄言走近两步问道："不知前辈……"

　　话还没说完，一阵香风，也没见那美妇如何动作，眨眼人已到了苏妄言跟前，纤手一伸就握住了他右手，不由分说，拉着他就往外走。苏妄言大惊失色，急急抽手，那美妇反倒又加上了一只手，将他握得更紧。

　　苏妄言心头暗惊，口中却笑道："不知晚辈是哪里得罪了前辈？"

　　美貌妇人眨了眨眼，爽朗笑道："你几时得罪我了？没有没有，你没有得罪过我！"

　　苏妄言又笑问道："那前辈这是要带晚辈去哪里？"

　　那美妇一愣，随即恍然似的轻轻一拍手，引得腕上金铃又是一阵乱响。她笑道："苏大公子莫要误会！我叫赵画，是幻主派我来寻你的！"

　　凌霄闻言颤声道："那月姑娘呢……她没有来吗？"一顿，又急问道，"他怎么了？他这是怎么了？"

赵画依旧笑着道："幻主只叫我来长乐镇找苏家大公子，别的什么都没交代。"便又伸手去拉苏妄言，"苏大公子，咱们快些走吧！"

凌霄尖叫道："你不能走！他这是怎么了？你把他怎么了？！"

赵画突地敛了笑容，怒道："你倒还来问我？这人身首分离，魂魄已空，早就是死人了，却还能行动自如，分明是强施返魂术失败的结果！这人被施了返魂术，腔中一抹残魂散不去，久而久之变成了戾气，他行动全受这一股戾气牵引，必定四处杀人！我问你，这是怎么回事？若不是我来得及时，只怕你们都没命出这屋子了！"

凌霄一时语塞。

赵画翻脸如翻书，一旋身，却又一扫怒容，巧笑倩兮，向苏妄言道："返魂术是幻主独门秘术，我也只略知道点儿大概而已。好在我时常出门办事，幻主传过我些应急的法子。不过，我这法子只能暂时压制他一炷香的工夫，时间一过，就连我也没办法了！"

凌霄听了她这话，知道"骆西城"无事，大大松了口气。

却听旁边一人轻哼了一声道："凌大小姐，你好大的面子，哄得月相思连独门秘术都教给你了。"

赵画进屋之后，除了与苏妄言说话，其余人正眼都没望过，此时循声望去，正看见花弄影被那忘世姑娘挟着靠墙而坐。当下一怔，迟疑道："你……你也是……"只说了一半，话锋一转，却道，"夫人生得好俊。"

花弄影知道她是看破了自己的身份，漠然不应，只若有所思地望着凌霄。

苏妄言试探着问道:"你说是月相思前辈让你来找我?月前辈找我做什么?她怎么知道我在长乐镇?"

赵画笑道:"我只知道,前阵子不知是什么人送了封信到一幻境来,说,大公子因为从苏家剑阁里偷了把什么剑,闯了大祸,苏家要抓你回去治罪;又说苏大公子正被困在洛阳城外的长乐镇,只有幻主能救,幻主要是想救人,就请立刻到长乐镇来。"

苏妄言和韦长歌不由得一起看向君如玉,都疑心是他做的。君如玉只是含笑回视,病黄的脸上波澜不惊。

"幻主看了那信,本是不理会的,但派人一打听,江湖上果然已闹得沸沸扬扬了,人人都说苏大公子闯了大祸,苏家正在大肆搜查大公子您的下落。幻主于是就让我赶来这里看看,说如果苏大公子当真在这里,就请苏大公子和我一起去趟一幻境。"

凌霄眼睛一亮,急切道:"那我们呢?"

赵画想了想,笑语道:"幻主要我带苏大公子回去,没说不准带别人去。"

韦长歌笑道:"既是如此,我自然要和妄言一起去的。"

赵画向其余几人道:"那你们呢?"

王随风和马有泰低声商议了片刻,齐声道:"我们也去。"

只有赵老实讷讷地道:"我这一把老骨头,还是回我那破房子自在些。"

赵画刚要说话,便听远处三声长啸,韦长歌脸色一沉,几步抢到门边,也嘬唇一啸。

众人不知出了何事,也都纷纷站起。

长街那头，一骑人马疾奔而来。

苏妄言轻轻咦了一声，道："那不是韦敬吗？"

话音甫落，人已到了近前，韦敬在马上看到韦长歌臂上的伤，惊呼道："堡主，你受伤了？"

马还未停稳，人已跳了下来，他身后一团黑乎乎的人影同时腾空而起，也跳下地来，口中不知叫着什么，直扑向苏妄言。韦长歌一惊，拉着苏妄言倒退几步。

那人扑了个空，身形一顿，突然哇地大哭起来，嚷嚷着道："少爷！是我！是我！"——趁着雪光看去，却原来是个十五六岁、胖乎乎、小厮模样的少年。

苏妄言惊道："苏辞，你怎么来了？"

韦敬轻蔑道："堡主，苏大公子，我是在路上遇到他的！这小鬼卖主求荣！"

韦长歌轻咳了一声。

韦敬会意，却还是瞪了苏辞一眼，这才问道："堡主，你的胳臂怎么了？"

韦长歌道："不碍事。"

他看了看他们二人，问："出了什么事？你们怎么都来了？"

韦敬道："那天在锦城我奉了堡主之命，驾了马车去引开苏大侠和苏家的追兵。几天前，我发现有许多武林中人不知为什么突然纷纷朝长乐镇方向赶来。我想，苏家的人反正已被我引得远了，担心堡主您的安全，就抽身赶来长乐镇与您会合。谁知到了附近，正撞上苏辞这个卖主求荣的家伙在路上徘徊。问他，他说是苏大侠派他

做前哨，来这里打探苏大公子行踪的！"

苏辞冲他愤愤道："你才卖主求荣呢！"

嚷嚷完了，他转向苏妄言，抬起袖子一边抹眼泪一边道："大少爷，不关我的事！都怪韦敬，他不会赶车，非要学人赶车，走得那么慢！老爷说，少爷性子急，从来赶路都是火烧眉毛似的，怎么这次倒慢吞吞的？就知道车里没人。老爷说，我们假装被他引开，回头再看他去哪儿跟韦堡主领功，只要找到韦堡主，不怕找不到少爷。"说到这里，白了韦敬一眼，"哼，得意什么？你一朝着北边来，就被咱们苏家盯上啦！"

韦敬嘴角微微抽搐，好在黑暗中，不容易被人看清脸上表情。

"老爷先以为韦堡主和少爷是在洛阳，到了洛阳附近，发现好多武林中人都在朝这长乐镇来。老爷说……"

苏辞突然顿住了。

苏妄言道："爹说什么？"

苏辞看了他一眼，吞吞吐吐地道："老爷说，看这样子，多半又是少爷在外面惹了事，真是个不肖子……老爷还说，这次抓你回去，一定重重惩罚，绝不留情……"

这次轮到苏妄言不知做何表情是好。

苏辞还在继续说着——

"老爷身边只带了七八个人，当中数我脚程最快，老爷就让我赶在韦敬之前来看看少爷是不是在这里。他自己回苏家带齐了人手就来。我当然不能出卖少爷，可要是随便撒个谎，老爷一定不会相信，所以我才在镇子外头徘徊。我才有了决定，哪怕老爷罚我，我也要来通知少爷。这时候韦敬就来了，才说了两句话，他就骂人，说我卖主求荣!"

说到这里，苏辞委屈得不行，叫了声少爷，就眼泪汪汪地扑向苏妄言。还没挨到苏妄言的衣角，猛地想起了苏妄言的洁癖，不得已，向旁边一转，抱住韦敬大腿，大哭起来。

苏妄言揉了揉额角，断喝道："别哭了。我问你，苏家的人大概什么时候到?"

苏辞噌地站起，擦擦眼泪，道："只怕一会儿就到了。"

苏妄言回头看了看韦长歌，道："那事不宜迟，咱们这就走吧!"

韦长歌点点头，转头看了看其他人："那大家先出了长乐镇再说吧。"

众人纷纷应了，只剩花弄影不作声。

韦长歌温言道："骆夫人，你要不要和我们一起去一幻境?"

花弄影默然片刻，突然看着凌霄笑道："好，我和你们一起去。我倒要看看，月相思准备怎么对付我。"

凌霄容色不变，沉默不语。

众人一起朝着长街东头走去，刚到街尾，便听得远处一片疾驰而来的马蹄声，震得脚下地面微微颤抖。

苏辞带着哭腔道："坏了! 是老爷他们到了!"

韦长歌沉声道："快回去，从西边走!"

苏妄言略一点头，一行人急急转身，还没走到长街西头，便看西面一里外的地方，一条火龙盘旋在雪地上。细细一看，竟是无数火把组成的长长队伍，火光冲天中，好几百人手持刀剑，举着各式

各样的旗帜，气势汹汹地朝着这边逼近过来。

众人站在长街西头，都是愕然，想起方才韦敬和苏辞提到，有许多武林中人正纷纷赶来长乐镇，想必就是眼前这些人了，只不知道他们来这里做什么。

转眼那长长的队伍又近了许多，连彼此的面目都依稀可以望见了。便听那边忽然嘈杂起来，许多声音叫着："飞天夜叉！""是飞天夜叉！"又有许多人大声喊道："杀了她！""为恩师雪恨！""兄弟们，杀了花弄影，为庄主报仇！"这一类的口号。

花弄影听在耳中，只是冷笑。

韦长歌和苏妄言这才明白，原来这些人都是当年花弄影初入中原时结下的仇家，虽然已经过了二十年，这些人却还是没有忘记师友被杀之恨，眼下不知从何处得知了花弄影栖身在这小镇，便成群结队前来报仇。

此时，双方只相距数十丈，那边队伍中有眼尖的，远远望见这边两个华服公子，似乎竟是韦长歌和苏妄言，不明就里，忙呼喝同伴，队伍便停在了镇外不远处。其中有人大声喊道："前面可是韦堡主和苏大公子？"

韦长歌、苏妄言听得西面马蹄声越发进了，不敢发声相应。韦长歌说了句："快退！"众人又一齐沿着长街疾奔，退回到了来归客栈前，还没来得及喘口气，就听得一阵沙沙的细碎声响。众人不约而同看向地上，只见那刑天双手握拳，背部微微起伏，似要起身，跟着，又像是用光了力气，瘫在地上静止不动。众人见了这个情景，心头不由得都是一紧。韦敬和苏辞刚刚才赶到，之前客栈中的事情一无所知，见了这无头尸体蠢蠢欲动，忍不住异口同声骇叫道："这是什么?!"

韦长歌、苏妄言也来不及对他们说明，只看向赵画。

赵画上前看了看，面色凝重，回身急道："苏大公子，我们得快些离开，再过一会儿，'他'就要醒了！"

这一会儿工夫，来自东西两面的喧哗都越发近了，那一大群来找花弄影报仇的武林中人，已堵在了长街西头，虽一时不敢向前，但鼓噪声却越来越大，可知是绝不会善罢甘休的了。

一时间，每个人心头都笼上了一层阴影——两边出路都已被堵死，眼前刑天苏醒却迫在眉睫，无论往东往西，看来都少不了一番纠缠，他们这一行人，能不能赶在刑天再次起身之前冲出长乐镇?

韦长歌苦笑了一下，看向苏妄言："我们往东，还是往西?"

却听旁边一人淡淡道："不往东，也不往西。"

君如玉若无其事地微笑着，走进客栈，走到东北面墙角站定了，一弯腰，竟将地板揭起了一大块。

地板下，登时露出一个三尺见方的洞口来。

君如玉顺手从壁上取下一盏灯笼，回身笑道："走吧，这地道一直通到镇子外面，只是咱们出去的时候得小心些，别叫人发现了。"

马有泰几人一怔之后，都是狂喜，顾不得细问，依次进了地洞。

苏妄言看了看外面的刑天，又朝长街两头望了望，道："我们走了，他们怎么办?"

花弄影轻声叹道："苏大公子放心，他就是醒了，也走不出这长乐镇方圆三里。咱们冒险出去一个人，叫外面的人赶紧离开就

是了。"

凌霄似笑非笑："好法子，花姐姐怎的自己不出去？"

花弄影冷眼看着她，缓缓道："凌大小姐，你还是一点都没有变。我不出去，只因为我一出去，外面这些人就都不会走。他们不走，不知又有多少人要死在这地方。你呢？这些年你找了那么多人来，一个一个都死在这里，你难道就从来没想过，那也是人命？"

凌霄脸色一变，冷笑道："花姐姐，你话说得好听——当年你杀人杀得痛快的时候，又可曾想过今天这些话？"

苏妄言从第一次见到凌霄就一直同情她是个痴心可怜的女子，但此时听了她这话，却顿生反感，回身和韦长歌商量了几句，叫过韦敬、苏辞，寥寥几句，把眼下的情况拣重要的交代了，吩咐两人分别出门去劝退外面的两路人马。

苏辞、韦敬应了，分别出门往东西两边去了。

等众人都下了地道，韦长歌和君如玉两人落在最后，韦长歌走到洞口，若有所思，低声笑道："如玉公子准备得好周到。"

君如玉一耸肩，摊开手——他此时看来，是一个面黄肌瘦、病入膏肓的中年汉子，做出这种动作原该叫人觉得猥琐的，但不知为何，却没来由就叫人觉得潇洒流畅——君如玉笑道："凌大小姐甘愿陪外面那怪物去死，我可从来没那么想过。"

韦长歌看了看从洞口隐约透出的灯光，忽地，也学着他的样子，露出一个称不上高雅的笑容来。

八·

幻境

　　花弄影冷冷笑道:"是，我是阴狠
歹毒，你呢? 当年你救我性命，当真
只是好心? 你说只求他开心，当真是
你的心里话? 你与他结了兄妹，当真
甘心一生只做他的好妹子? 你若真是
好人，为何要几次三番地离间我们?
你为什么约他去核桃林，又故意引我
跟去? 这桩桩件件，我可冤枉了你?"

除了赵老实一出长乐镇便自行回家，余下八人都在赵画带领下一路朝一幻境行去。分明正是严冬天气，但一入滇境，便觉满目青山秀水，繁花如锦，温暖如春。景观风俗都大异于中原，但众人也无心欣赏，只是匆匆赶路。

这一路上，不管凌霄如何逼问，韦、苏如何套问，花弄影只是打定了主意，不说一句话。渐渐几人便都不再提起前事，只等见到月相思再作打算。

不几日到了一座莽莽大山前，赵画带路，一行人弃了马车，沿山道而行。又走了两日，这天黄昏，众人转过一座山谷，突见数座连绵奇峰耸现于眼前。

峰下山林中奇花异草，流水鸣涧，犹如盛夏。但抬眼一望，自半峰开始，这些山峰却又全被白雪覆盖，一山一石，都散发着凛冽寒意。

赵画引着众人上到半峰，凌霄已来得熟了，到了一方大石前，便自觉止步。

赵画笑道："到了。"

苏妄言放眼四顾，只见千崖万壑，浩荡雪域，别有一番莽苍气象，却不见屋宇房舍。苏妄言讶道："这里就是一幻境？"

赵画笑了笑，道："这里还不是一幻境，但幻主早年曾立下重誓，不许外人踏入一幻境半步。因此凡来一幻境的人都必须在此止步，不许越过这方大石。若有违者，生死自负。其实就是有人过了这大石，没有幻主允许，也是进不了一幻境的。"

韦长歌微笑道："原来如此。那若是有人要与里面通消息，又该怎么办?"

"这个容易,来人站在这里说明来意,若有必要,自然有人出来接待——给幻主报信说苏大公子出了事的那封信,就是被人送了来,放在这大石头上的。"

赵画拍着手笑道:"好啦,带你们到这里,我的任务就算完了,请各位在此等候,我进去通报。"

凌霄忙问:"那要等到什么时候,月姑娘才会出来见我们?"

"这可说不准了,我虽带你们来了,却还不知幻主见是不见或是只肯见苏大公子呢!你们且在此休息,要么三两天,要么七五日,幻主若是想见各位,自然会出来的!"

赵画咯咯笑着,转身去了,悦耳铃音中,那华丽得耀眼的身影顷刻就去得远了。

留下众人站在石畔,等了好一会儿,却不见有人出来。

马有泰苦笑道:"这月相思好大的架子!不会真叫咱们等上个三五七日吧?"

凌霄转身走到路旁,找了块稍大的石头,搬过来坐下了。众人不知还要苦等多久,也都纷纷学她的样子,找来石头围成一圈坐下了。花弄影不畏寒冷,解下身上斗篷铺在地上,就地坐了。

又等了一会儿,天色慢慢暗了,寒意渐甚,远山中不时传来野兽的嚎叫声。苏妄言皱了皱眉,和韦长歌小声说了几句话,两人并肩朝山下走去,过了小半个时辰,各捧了一大捆树枝干柴走回那大石前。苏妄言把干柴搭成一堆,用火点着了。

不一会儿,熊熊篝火噼啪作响,映亮了雪地。

几人等到下半夜，寒气更是刺骨，月相思依旧没有露面。

大石的那一端，群山万壑万籁无声。传说中的一幻境，隐身在这终古不化的雪山之中，无从得知，亦无从寻觅，犹如一场虚无之梦，一坛水中之月。

苏妄言抬起眼，见君如玉正朝这边看来，便道："如玉公子，有些事我还是不太明白。"

君如玉笑了笑，只道："你问，我答。"

苏妄言略想了想，问道："从赏花诗会开始的事，都是公子安排的?"

君如玉一点头："是我。"

苏妄言道："移走那间草舍的人也是君公子?"

君如玉又一点头，道："是我。"

苏妄言道："我不明白，为什么两位要这么做?"

马、王几人先前已听韦长歌说了他们一路来长乐镇的经过，也都有许多疑问，这时便不插嘴，只静静在旁听他们的对话。

君如玉微微一笑，道："既然苏大公子问起，我也就实话实说好了。事情一开始，是凌大小姐来烟雨楼找我。"

凌霄幽幽接口："苏大公子，那年我在苏家门外长跪不起，苏大侠却还是不肯让我见三公子，我就知道，这辈子，我是再见不到三公子了。这几年，我四处漂泊，都找不到别的办法，去了几次一幻境，月相思都不肯见我。我几乎就要死了心了，就在这时候，我听人说起江南烟雨楼的如玉公子是天下第一聪明人，于是便上门去求如玉公子。"

君如玉笑道:"凌大小姐要做的事情,我也没有办法。但我听凌大小姐说起遇到月相思和苏三公子的经过时,却想到了一个法子,可以找到苏三公子。"

他说到这里,斟了一碗酒,浅浅喝了一口,接着道:"我这个法子,第一步,必须引起苏大公子足够的好奇心,让你主动插手这件事。

"我先设计,让凌大小姐在你必经之地等候,装做偶遇,求你替她带信给苏三公子。可是大公子惯好游历天下,要得知你的行踪,实在不易。无奈之下,我只好以'君如玉'的名义送去请帖。我知道,有'天下第一聪明人'做东,苏公子是一定会到的。跟着,我便让人假扮成君如玉出现在梅园雅集上,苏公子果然不待竟席,便败兴而去。"

韦长歌说道:"那日参加梅园雅集的都是天下名士,公子令人假扮,就不怕日后天下人嘲笑如玉公子名不副实吗?"

君如玉满不在乎地一笑:"不过是时间利禄,身后浮名,他自笑他的,我自过我的,有什么相干?"

苏妄言冷冷哼了一声。

"我算着时间派人毁去了木桥,苏大公子因为绕路,必然错过宿头,而那方圆数里,就只有那一间草舍。我本想着,苏大公子那是一定会去凌霄那里借宿的了。没想到,苏大公子率性至此,竟随便找了棵树靠着就睡下了。"

君如玉顿了顿,笑道:"苏大公子,只为这一件,君如玉就不得不佩服你。"

苏妄言微微露出点笑意。

"也因为这样，仓促之间，只好用些装神弄鬼的手段，引苏公子跟我去那草舍……"

苏妄言顺着他视线回头，忘世姑娘坐在君如玉身旁，对他一笑。

"她是我的侍女，苏公子那夜看到的石兄，则是我烟雨楼的侍卫，自幼习缩骨之功，是故身材矮小。他们两人都是轻功好手，因此行动之间十分迅捷。这却是一步险棋，错漏甚多，更何况，洛阳苏大公子是何等人物？我怕瞒不过，便顺手借了朱三娘的名字来一用。这朱三娘的事情，倒是真的，只不过，我却是先前已在梅园雅集上听那位老先生说过一遍了——只求真真假假，虚虚实实，能骗过苏大公子。

"我既已经装了神弄了鬼，索性做戏做全套，因此大公子你一离开，我立时就叫人拆了那草舍。如此一来，你若是起了疑，回头查看，一来找不到线索，二来也可以更加深你心头疑惑。我砍去阎王坡那三株柳树，也是这原因。"

苏妄言神情懊丧，叹道："你知道我好管闲事，若是发现草舍不见了，又找不到任何线索，更会迫不及待去找三叔为我解开心头疑惑……"

君如玉笑了笑，道："大公子高义，天下人都是知道的。"

苏妄言苦笑道："那间草舍究竟是怎么回事？怎么会突然出现，又突然不见了的？"

君如玉闻言笑了笑，道："不知苏公子和韦堡主有没有留意，那块草坡的地势，是两头凸出，中间凹下？"

韦长歌和苏妄言二人同时点了点头。

"其实说来再简单不过，每隔三丈打下尖头木桩，高度与草坡最高处平齐，然后用船板平铺在木桩上，覆上土层。草舍便建在这些木板上。昏暗中，看起来不容易发现有异。人走上去，落脚处的声音纵然会有些空洞，但苏大公子见故人，心情动荡之下，想来是不会留意到这些的。等苏大公子走后，我立刻叫人拆了草舍和那些木桩。二位一个月后再到那地方的时候，打过木桩的地方早被乱草遮住了，而草丛纵然当时曾有些许压折，也早已经看不出来了。"

韦、苏二人对视一眼，不由得都笑起来。

苏妄言笑道："原来如此，倒叫我苦想了多少个晚上！"

君如玉轻笑道："后来大公子果然起疑，虽然没有转回那草舍，却回了锦城。朱三娘之事千真万确，我本来也不怕你去查。不料，刚好你又遇上那名士，撞上了正主儿，可省了我不少工夫！

"事情到这里，出乎意料地顺利。我知道月相思对苏三公子有情，苏三公子又对你这个侄儿爱逾性命，以大公子的表现看来，只要苏三公子还在世，你一定会出面请他帮助凌霄。按照我原本的计划，最好是你能请出苏三公子，若是如此，我就会安排凌霄在中途迎上你们，直接去一幻境。可就从这里开始，事情有了变化——大公子一到洛阳，我安排的眼梢就盯上了你。他们虽然进不去苏家，却日夜守在苏家附近，密切注意苏家的变化。"

苏妄言脸色不悦，轻哼了一声。

君如玉也不放在心上，接着说了下去："大公子回了苏家没几天，突然有一天晚上，苏家警钟大作，跟着就大开中门，几乎是倾巢出动，四处追拿大公子。我派去的人发现骚动开始的地方，是苏家剑阁的方向。我曾听说过一些传闻，说苏家的子弟死后佩剑都会收入剑阁。我前后一联系，就猜想，苏三公子多半已死，就算还活着，也没有能力出面帮助凌大小姐了。而苏家子弟把佩剑看得重若性命，见剑如见人，所以你才闯上剑阁，想找苏三公子的佩剑来作信物。"

苏妄言虽然对他有些不满，但听他所料与事实不差，却也不得不暗自佩服。

"事情到这里，不但有了变化，也惊动了苏家。跟着，连天下堡的韦大堡主都卷了进来。我这时候，就有了另一个想法。

"以月相思和苏三公子的关系，大公子你要是有事，月相思绝不会不管。"君如玉略略一顿，笑道，"好在，一开始，我便让凌霄刻意在大公子面前提到长乐镇这个地方。那时候，我也只是以防万一罢了。后来大公子这边出了事，和韦堡主一起到了锦城，我这步本来无用的暗棋，正好就派上了用场。

"明人不说暗话。苏大公子，韦堡主，二位不要见怪——说实话，苏大公子犯了家规被苏家抓捕的事，在江湖上闹得沸沸扬扬，其实便是我派人散播出去，把事情闹大的。"

韦、苏二人对看一眼，都不作声。

君如玉也不管二人心里如何想法，侃侃说道："你们去锦城的时候，我一面派人来一幻境送信，一面派人去长乐镇布置。我算着时间找人通知了苏家你们的下落，好让你们在我预计的时间内到达长乐镇。你们到达的时候，一方面，我在长乐镇已布置好了，另一方

面，算时间，如无意外，月相思也快到了。这以后的事情，二位就都知道了。"君如玉笑了笑，道："这次的事情，实在多有得罪，还请二位莫怪。"

旁边王随风突然插道："我和马老弟、赵老板也是公子带到这里来的？"君如玉从容点头应道："不错，那马车也好，棺材也好，都是我安排的。"王随风几人神色各异，都不作声。

好半天，苏妄言才涩涩一笑，喃喃道："天下第一聪明人，果真名不虚传——我一向自负聪明，却原来从头到尾都落在别人算计里了。"君如玉微笑道："若论才智，君如玉哪里及得上苏公子。只不过，苏公子是多情之人，在这世上，多情的人总难免要比无情的人多吃亏些。"苏妄言叹了口气，转头去看韦长歌："韦长歌，怎么办，原来我是上了别人的当了……"

他这副没精打采的样子实在难得一见，韦长歌忍不住眯起眼笑了起来。

君如玉看在眼里，笑道："其实我做的这些事，说来也简单，不过'故弄玄虚'四个字。只因苏大公子赤子心性，所以才能侥幸得逞，若是换了沉稳厚重的韦堡主，必然就不上我这当了。"

苏妄言默然片刻，突地问道："凌大小姐，当日你为什么不直接告诉我这些，也许不必做这么多事，我也会帮你。"

凌霄叹道："非亲非故，苏大公子未必肯管我这件闲事。"

苏妄言一点头，跟着一笑，却道："你说得不错，非亲非故，何必管这些闲事？——不过君公子跟凌大小姐也是非亲非故，却花这么大力气帮你，又是为了什么？"

凌霄神情微变，也不回答，只看向君如玉。

君如玉眸光一闪，淡淡笑道："要打动月相思固然不是容易的事，要打动君如玉却实在简单得多了。"

苏妄言没有回答。

安静中，花弄影忽地问道："凌大小姐，你上次来这里求见月相思，等了多久？"

她这一路上一言不发，此时突然说话，连凌霄也是一愣。

凌霄停了片刻，回道："我第一次来，等了三天；第二次来，等了七天；最后一次，等了整整一个月。"

花弄影微微露出点笑意："你耐性倒好，这点我可不如你啦。"

凌霄看着她，百味杂陈，半晌道："在他眼里，你样样都好，我也就剩这一点儿耐心还能强过姐姐。"

花弄影颔首道："是啊，你的耐心确实比我好得多了——你二十年前就知道了那晚的两个蒙面人是王大先生和马总镖头，却忍得住直到如今才找了他们来对质。"

——这已是她第三次提到这件事，边上几人不由得都竖起耳朵听凌霄如何回答。

凌霄闻言依旧不应，忽而笑笑，话锋一转，却道："花姐姐，这二十年，我没有一天不在四处奔波。有一年冬天，我在路上碰到两个妓女抢客人。"

韦、苏几人在一旁听了，都是愕然，不知凌霄为何突然说起这个来。

"她们俩，一个穿着红衣服，一个穿着绿衣服。一个拉住了客人的左手，一个拉着客人的右手。穿红衣服的，说那男人是自己的常客，该上她家去；穿绿衣服的，说自己和客人一见如故，客人该去她家。穿红衣服的说自家酒好，绿衣服的说自家菜好。吵得不可开交。末了，两人吵得累了，便一齐丢开手，要那客人自己选。"

凌霄缓缓道："我在一边听她们吵架，突然间，就什么都明白了……花姐姐，你呢，你明白了吗？"

花弄影双目微闭，脸上没有半点表情。

"花姐姐，我一直以为你不许我救他，是因为嫉恨我。直到那时候，我才明白了——你若心里有他，你若为他好，为什么不等他活过来，让他自己选？他已为你破了誓，负了我，你难道还怕比不过我？你不要他活过来，是在怕什么？"我想到这里，便又想到了许多古怪之处——那天晚上，谁最有机会害他？他临终之时，你我都在，你是他最亲的人，他为何偏偏把报仇的事交代我，却只叫你保重？他为什么不让我替他报仇？我于是全都明白了……"

韦、苏二人对视一眼，心头霎时都雪亮起来。

凌霄定定望着花弄影，一字一顿，恨声道："你为何害他？"

其余几人却都呆住了，好半天，马有泰才吞了口口水，艰难问道："骆夫人……难道是你……害了……害了骆大侠？"

良久，花弄影苍白脸上，终于虚弱似的、若有若无露出点浅淡笑意："不错，是我害了他。那又怎样？"

凌霄霍然站起。她虽然早已猜到是花弄影害了骆西城，但此时听花弄影亲口承认，感受却大是不同！心口一痛，眼泪夺眶而出，慢慢走前几步，颤声道："好！好！你真是他的好夫人！"

凌霄逼近一步，神色凄厉，恨恨道："你为什么害他？"

红衣女人许久没有答话。

她望向远处。

天已全黑了。视线所及是模糊混沌而又漆黑的一片，眼前这一堆篝火，是那么微弱，那么无力，照不透重重夜色……

她笑意更深。然而，在那笑意中，不知为何，却透出丝丝缕缕死命遮掩却依旧遮掩不住奋力挣出心底的凄凉痛楚："凌大小姐，你方才说在他眼里我样样都好，你错了……在他眼里，样样都好的，其实是你……"

凌霄肩头巨震，陡地屏住了呼吸，脸色铁青，含泪怒道："他几次三番救你性命，又一心一意对你、照顾你，难道还抵不了杀父之仇？你不感激他也就罢了！你竟狠心害他！我若早知道你这么阴狠歹毒，宁可他伤心，也不会救你！"

花弄影冷冷笑道："是，我是阴狠歹毒，你呢？当年你救我性命，当真只是好心？你说只求他开心，当真是你的心里话？你与他结了兄妹，当真甘心一生只做他的好妹子？你若真是好人，为何要几次三番地离间我们？你为什么约他去核桃林，又故意引我跟去？这桩桩件件，我可冤枉了你？"

凌霄脸色陡变，良久，方道："你说得对，我那样爱他，怎么肯做他妹子？我只问你，你为什么要害他？"

苏妄言听到此处，脸色甚是难看，先前那些隐隐约约的感觉终于全都清晰起来。

花弄影冷冷道："好，我告诉你为什么。你想问什么，我都告诉

你。但我说完之后，你也得回答我的问题。"

花弄影说完不理凌霄，扬首向着崔巍群山道："月幻主，我知道你听得到我们说话，我说完之后，你要怎么做，花弄影都无怨言，只是也请你回答我一个问题。"

夜阑深静，那声音在雪域中一波一波荡了开去，听得每个人心头都有些异样。

君如玉突然问道："骆夫人，那天晚上在萧山庄骆大侠跟你说了什么，你就跟他走了？"

马有泰疑道："如玉公子，这话怎么说？我亲眼所见，那天晚上，是骆夫人先逃脱，骆大侠才追着她出去的。"

君如玉微笑反问："哦，当真如此？"

马有泰一怔，不由得把目光投向韦长歌。韦长歌笑了笑，道："马总镖头刚才不是自己也说过了吗？当日骆夫人连输三场，受了重伤，被骆大侠制住。以骆大侠的身手，骆夫人就是秋毫无伤，只怕也难以逃脱，何况力竭重伤之时？若不是骆大侠有意相助，骆夫人怎么能轻轻松松就逃出了萧山庄？骆夫人，我说得对吗？"

最后一句，却是对花弄影说的。

花弄影先是沉默，半晌，忽地笑起来："他说，一饭之恩，永不相忘。人人都以为，我是在萧山庄第一次见到西城，却没有人知道，其实在那之前，我已认识他很久很久了……

九．

相
思

　　天圆地方大的雪地里，多少浮生
正偷欢一晌？石火电光弹指之间，多
少人间风波、世途机阱正在发生？

　　那一刻。

　　他在门外。

　　我在门里。

　　大雪一直下。

　　光阴一直流逝去。

我第一次见到西城，也是这样的冬天。

没日没夜地下着雪，冷得彻骨。

那年初秋的时候，爹说昆仑山上有一种白鹰，是世上最美丽最骄傲的鸟儿，不知道和大沙漠上的飞天夜叉比起来，是哪一个飞得更快，哪一个飞得更高？

于是我去了昆仑山，捉回一只白鹰给他看。

可是爹却没能看到我带回的白鹰。当我站在大沙漠的落日下，我生长了十七年的地方只剩了断壁残垣，一片废墟。

世人都说水月宫是魔宫，我爹和我哥哥都是魔头。但在我的心里，水月宫就只是我的家，他们口中的魔头就只是爱我、疼我、我最亲的人。我立志要为他们报仇，在那一年的冬天来到了中原。

那时候，我没有想到，我这一走，从此就再也没有见过沙漠里的落日。

中原大侠萧世济率领正道武林剿灭魔宫诛杀魔头的故事已经传遍了大江南北。街谈巷议中，我记住了出现得最多的一个名字——

骆西城。

我打听到，就是这个叫骆西城的人，出谋划策，用计杀了父亲，又火烧神宫，逼死了哥哥，是我最大的仇人。所以我初到中原，第一个找上的就是他。只是骆西城武功高强，行事又机警，那个冬天，我足足跟了他一个月，却始终找不到机会下手。

直到有一天，我跟着他到了洛阳。

那一天，从早上开始就下着鹅毛大雪。

　　他进城的时候，天已黑了，满街的店铺都关了门，路上看不到一个行人。他不知在想些什么，既不住店，也不吃饭，一路只是踩着积雪，漫无目的地走，一条街、一条街地走过去……偶尔停下来，却只是为了听听不知谁家院子里传来的狗吠。

　　我悄悄跟在他后面。手脚都冻得麻木的时候，他终于也走得累了，随随便便，坐在了一户人家的后门外。

　　夜已经很深了，那人家却还极喧哗，丝竹管弦、划拳行令，还有男男女女的调笑声，不时地传出来。

　　就像满是寂寥的洛阳城里，只剩下这唯一的一处热闹繁华。

　　我到前门看了才知道，那地方，原来是一家妓院。我原以为，他这样的人，一定不肯坐在那种肮脏地方的。但他听到里面的声音，却全不在意。或许是倦得很了，许久许久，只是闭着眼，把头靠在朱红色的大门上，就那么一动也不动地坐在门边……

　　我那时年纪还轻，存心捉弄他，悄悄绕进了那家妓院，趁着没人，从厨房盛了碗剩饭从门缝里递出去搁在他身边，自己躲在门后，压着嗓子说了句："吃吧！"

　　他睁开眼睛，好一会儿，只是定定看着那碗冷冰冰的剩饭，然后就捧起了那碗剩饭，一口一口，当真慢慢地吃起来……吃着吃着，眼泪大颗大颗滚下来，滴在碗里，也就和着吃下去了……

　　我本来是想羞辱他，但看着他吃了那碗饭，心里又像是被什么狠狠地戳了一下，说不出是什么滋味。

　　又觉得凉凉的，仿佛有什么决了堤，汹涌地漫过心尖，浸透了身体发肤、四肢手足。

我知道，要杀他，那已是最好的机会。

但那个晚上，当我站在门后，却自始至终，不能动……

每个人的一生里，总会有那么一些时刻，忘了防备，又无防御，心绪裸呈，脆弱如初生婴儿。在这时，有人感念身世，有人自伤多舛，有人怀悼故人，有人困于前尘……为着种种前因种种旧恨，寂寞落魄。

洛阳那个下着雪的夜里，我撞见他寂寞落魄的时刻，但我却不知道，他的寂寞落魄，是为了什么？

雪花渐渐在肩头积了厚厚一层，亦渐渐模糊了他面目。

咫尺之外，人人都在花红柳绿；三步之内，我与他各自落魄。

天圆地方大的雪地里，多少浮生正偷欢一晌？石火电光弹指之间，多少人间风波、世途机阱正在发生？

那一刻。

他在门外。

我在门里。

大雪一直下。

光阴一直流逝去。

……我一直记得他那日神情。

后来的三天，每到夜深，他总在不知不觉间就走到那妓院的后门。我总站在门后，从门缝里递给他一碗冷饭，说，吃吧。

每一天，我都站在门后，看着他坐在门外，吃着冷冰冰的剩饭。每一次，我都想出去杀了他，但每一次，我却都没有动手……

你问我为什么不动手？

可是，苏大公子，你若开始为一个人心痛，你又怎么能杀得了他？

三天后的那个清晨，我离开了洛阳。

我虽不杀骆西城，却没有忘记自己身上的不共戴天之仇。凡是去过大沙漠、参与过围剿神宫的人，我都挨个儿找上门去报仇。一个人去的，我杀一个！两个人去的，我杀一双！一个门派去的，我一个不留，全杀了！

我到中原两年多，便杀了十四个高手，屠灭了七大门派。萧世济知道我不会放过他，抢先邀了帮手，约我在那年八月十五决战。我情知此去凶多吉少，却还是决定赴约。我要世人都知道，花弄影虽是女儿身，却也能为父亲兄长报仇雪恨，也能搅得你们中原天翻地覆。

那晚，我与群雄七战决胜，三胜三负，到最后一场，我其实已经受了重伤，嘴里都是血腥味，眼前一片昏黑，什么也看不清，只因为不肯被人小看，拼了最后一口气，才能强撑着站起来。

昏昏茫茫中，我听到一个像极了他的声音，铿然地说："我来。"

——那两年间，我常常都会想起我这个不知身在何处的仇人、这个叫我心痛的人。

淡淡地想。

不经意地想。

想到他的时候，总是时而恨，时而痛。忽而寂寥，忽而怅惘。

有时候，会很伤心，有时候，又会很开心。

一念与一念之间，仿佛隔了高天旷地海角天涯百世轮回似的远……

但我却没有想过，再见到他，会是这样的一种情形。

我说，好，能死在骆大侠手上，飞天夜叉也不算委屈了。我那时自认必死，这句话，也确是我的真心话。

但他的刀架在我脖子上，却没有落下去。

众目睽睽之下，他却突然低了头，对我说：一饭之恩，永不相忘！

我本来以为，他永远不会知道是谁在冰天雪地里给了他一碗冷饭，是谁在寂天寞地里陪过他三个夜晚——原来他什么都知道的。

我听到他的话，一时呆住了，浑浑噩噩间，就觉一股大力涌来把我推开了，我知道是他在帮我，顺势蹿开，他假意追我，也跟了上来，手一翻，却往身后扔了几颗霹雳堂的雷火弹——原来，他趁着我和那些人动手的时候，已在屋子里洒了烈酒，那几颗雷火弹一爆开，登时就将屋子引燃了。四面都是火，四面都是尖叫哭喊，混乱中，我昏昏沉沉的，只觉被什么人背在了背上，带着我一路狂奔。

醒来的时候，已在山下，山上火光熊熊，身边只有他一个人。

他看着山上的火光长长叹气，跟着又看看我，淡淡笑了。

他在汉水边上买了一条小船，后来有好几个月，我们就躲在那小船上……我受了伤，他没日没夜地守着我、照顾我，每天到城里给我抓药，又从江里抓了小鱼儿，熬汤给我喝。

我记得，我好得差不多的时候，有一天，他突然来向我辞行，说是我的伤已经没有大碍，他要走了，叫我保重。

说是辞行，说完了，却又不走，只是坐在那里，呆呆望着我。

我又是着急，又是生气，心里想着：骆西城！这些日子，你难道还不知道我是怎么想的吗？你难道不知道，我打离开洛阳开始，便已不再把你当仇人了吗？

他怅怅地看着我，又说："你的伤还没有大好，自己要保重身体。我走之后，你万事小心，不要和人动手，能避就避吧。"

我不说话。

他说："报仇的事，也忘了吧。你有父亲兄弟，别人也有父亲兄弟，你要找人报仇，别人也要找你报仇，这样下去要怎么收场？你虽然聪明，为人却太骄傲，眼里容不下沙子，我总怕你会吃亏……你心思细，心事重，又老是这么个宁为玉碎不为瓦全的脾气，这样下去又怎么……又怎么能长久呢？"

他说完了，好一会儿没再说话。我也不说话。不知道过了多久，他终于说："我要走了，你今后不管遇到什么事，千万别硬撑。我在衡阳城外有一座祖宅，你有事就去那里找我。我等着你。"说着，真的站起来，就要下船。

我怕他当真走了，脱口叫住了他。我问他："骆西城，你别走！我给你做老婆！你愿意吗？"

他听了，猛地跳起来，头砰的一声重重撞在船篷上。我忍不住大笑起来，他也笑起来，那样子欢喜极了，他笑着笑着，又紧紧握着我的手，落下泪来。

他对我说："我是个苦命的汉子，你不嫌弃我，愿意和我在一起，实在是我的福分！你放心，我骆西城只要还有一口气，就一辈子对你好！"

那一刻，我是这样欢喜，像是虚空中都生出花来！

我虽然没说出口，却在心里答应了他——我这辈子，只要还有一口气，也要一生一世对他好……

我和西城成亲之后，就听他的话，放下仇恨，和他一起去了衡阳，住在他家的老宅里。那宅子又残又旧，徒剩四壁，不知多久没人住过了。但这个家虽然旧，每一天，却都只有我和他两个人。他出门打猎赚钱，我就在家做好饭菜等他回来，那段日子，真是再快活不过……

我和西城的开心日子只过了三年。

有一天，西城出门去了，黄昏时，家里来了一个客人。我看到那人，先是欢喜得不知如何是好，跟着又惊慌起来，就像是三九天被人当头浇了一盆冷水，心里越来越凉。

来的那人是我哥哥。

你们是不是觉得奇怪，我哥哥明明死在了水月宫，又怎会出现在衡阳我和西城的家里？

其实一开始，我也是这样以为的。直到那天见到哥哥，我才知道他原来没有死。死在水月宫的，是被他杀死的替身，他自己趁乱逃了出来，在大沙漠躲了几年，等风声平息了，才到中原来报仇。哥哥到了中原，立刻就听说了我大闹萧山庄的经过，又不知怎的知道了我没死，多方打听，终于找上了门。

我乍见到哥哥，真是开心极了！但我立刻就想到，他既然找上门来，必然已经知道我和西城的事了。我太了解哥哥的为人，知道他这次出现，一定不肯善罢甘休——或许是我背叛了爹和水月宫的惩罚，这一次，我和西城的劫难到了。

果然，才说了几句话，哥哥就对我说："好妹妹，苦了你了。哥哥知道，你委屈自己嫁给骆西城这贼人是为了给爹报仇。你放心，现在哥哥来了，咱们兄妹同心协力，报仇大事必成！"

我心里慌得不知如何是好，强笑了笑，一句话也不敢说——我们兄妹从小一起长大，朝夕相处，哥哥的脾气我再清楚不过。他本领比我高，也比我倔强，认定了的事情从来不肯让步！我若把真相告诉了他，他第一个要杀的就是我！不，他不会立刻杀我，杀我之前，他还会用我来要挟西城，逼西城去死！我背叛了水月宫，他要杀我，我毫无怨言，但我绝不能眼睁睁看着西城死！一时间，我像是在油锅煎着，又像是在冰水里浸着，重重冷汗，把衣裳都浸湿了——哥哥就站在我面前，西城又快回来了，我笑得僵硬，心里只想着，怎么办怎么办我该怎么办？

他不知道我心里煎熬，又对我说他的计划，要我和他联手，在西城进门的时候杀了西城为爹和水月宫报仇。

一瞬间，我突然不慌了。我终于知道自己该怎么做。

我下定决心，要在西城回来之前杀了哥哥。

哥哥的武功原比我高，但我猝然发难，他没有防备，一开始就落了下风。西城进门的时候，我正把短剑刺进他心口……

人人都说飞天夜叉心狠手辣，杀人不眨眼，他们说得真是半点也不错。.我这一辈子，两个最亲的人都死在我手上，一个，是我的亲哥哥，一个，是我的丈夫。我杀了他们，可我从来也不后悔……一点儿也不……

如玉公子，你说我也是逼不得已？……逼不得已，或许是吧。我既然做了西城的好夫人，就早已经做不得花战的孝顺女儿了。

我只要西城。

别的，我什么都不管，也不能管了！

那天，西城看到那情景，什么也没说，只是帮着我把哥哥葬了。我看着他把哥哥埋进土里，就在心里对他说，西城，西城，你知不知道？从今往后我就只有你了！

我虽然拼尽全力杀了哥哥，但也中了他一掌，牵动旧创，从此就一病不起。到后来，就全靠西城四处为我寻医问药，弄来各种珍贵药材吊着一口气。

那段日子，他常常不睡觉，一宿一宿，握着我的手，就那么眼也不眨地望着我，像是生怕一闭眼，就再见不到我……

我知道我的病，不管他找什么药来都已经没用了。病发作起来的时候，真叫人求生不得求死不能！身上的痛也就算了，让西城眼睁睁看着我难过，我真觉得自己还不如死了算了。可我要是死了，西城怎么办？死不得，再痛再难受，也只好撑着，多活一刻，是一刻。

他不知道从哪里打听到辽东的镇军大将军府里有能叫人起死回生的返魂香，打算去将军府找返魂香来救我。我不要他冒险，他却执意要去。我拗不过他，只得随他去了——要是早知道会发生后来

这些事，我一定一定，不会让他去辽东！

他去了大半个月，空手而回，也不提去将军府的经过。我怕他难过，也就不问。又过了没几天，凌大小姐就带着返魂香来了。

我那时就生了疑心——返魂香是何等贵重之物，她与西城不过萍水相逢，跟我更是素不相识，怎么会为了陌生人盗香出走，抛了身边的权势富贵不要？在将军府发生了什么事？西城为何绝口不提？但那时候，西城对我确实一心一意，凌大小姐的言语行动看来也确是一片热心，我便暂且放下了疑虑。

返魂香没能治好我的病。

我原是不抱指望的了，但西城却备受打击。

返魂香已经是他最后的希望，现在却连这希望都破灭了。他笑着安慰我，说，没关系，咱们再想别的法子。他嘴上这么说，但眼神里却全是绝望，满得溢了出来。

我看着他，便又想起洛阳城里的那个晚上，他坐在门外，吃着那碗冷饭，是那样寂寞，又那样脆弱。没了我，以后那么多日子，他要怎么过？

凌大小姐也不明白为什么返魂香会对我没用，但她既然不能再回将军府，西城和我就留她住下了。

慢慢就有哪里不对了。

有许多次，我迷迷蒙蒙醒来，听见他们在一旁说话。西城为我伤心，凌大小姐在一旁软语相劝。我也明白，西城心里的痛苦，半点不比我少，又不愿意被我知道惹我难过，这时候，总是需要有个人来听他说话的。但西城虽然无心，凌大小姐却未必无意——每当

西城喂我喝药、陪我说话，凌大小姐在一旁看着他的眼神，总是又是憧憬又是甜蜜……

我那时就明白了凌大小姐的心思。

我对西城隐隐约约提过几次，不让他和她接近，他却总笑我多心，说，凌大小姐是世间难得一见的好女孩子，温柔善良，赤子心性。他这么说，我也无可奈何。

有一晚，我和他在屋里说起此事，我靠在床上，正对着南窗，猛然间就看窗下有个人影一闪。我立刻就猜到是凌霄在外面偷听，我心里只想着，这样倒好，她对我们夫妻有恩，话不必挑明，只要让她心里明白也就是了。

没想到，第二天一早凌霄就来辞行，说是她知道西城与我恩爱情笃，不忍心看着我们夫妻死别，要西城在家照顾我，她替西城到外面去寻医，就算是走遍天涯海角，也一定会找到能救我的法子。

西城不明白她的用意，只是感动，但我明白——她是偷听到了我和西城的对话，知道我已经发现了她的心思，所以才想出这法子来，故作大方，好叫西城领她的情，以后我若再对西城说她别有用心，西城也必不会信我。

这时我才知道原来我一直都小看了这位娇滴滴的大小姐。

凌霄走后，每过一阵子，就回来一次，带回些没甚用处的"灵丹妙药"。药虽然没用，西城却越来越感激她，越来越相信她，和她也就越来越亲近。我那时病得越发重了，性命只在朝夕之间，就算把这些全都看在眼里，却也什么都做不了了。

之后的事，和凌大小姐说的差不多。

我死了。她用藏魂术救了我。我成了不人不鬼的怪物，她却和西城结了兄妹之谊。

我只觉得，从我活过来的那一刹那，眼前所有的一切都变了模样，像是突然之间，我的天地就整个儿颠倒了过来。

那时候，西城终于也知道了她的心意，却还是留她在身边。无论我怎么说，他始终不肯相信，他这个义妹并不是他所认为的那样温婉纯善。是啊，她那么好，那么纯真，那么善良，我又怎样才能叫他知道，她在我面前，却有着另一种面目？

凌大小姐每一天都出现在我眼前。

早上！

中午！

晚上！——无时无刻，不出现在我眼前，出现在我和他之间！我终于受不了了。

我问他，为什么不肯听我的话，让凌霄离开？他说，在他心里从始至终只有我一个，他对凌霄只是感激，她已没有家，他只想好好照顾她。

可他心里若是有我，又为什么明知道凌霄对他有意，还把凌霄留在身边？他若是心里有我，为什么不信我，却信她？

我才从奈何桥回来，就又落在了另一种绝望里……

有时候心灰意冷，倒觉得，要是那时候死了倒好。至少那个时候，他还是全心全意地对着我，心无旁骛。

而每次我对着镜子，看见自己颈上的伤痕，就觉得撕心裂肺地疼。就像是在头被砍下的那一瞬间，我并没有死！我还是活的！活

生生的！眼看着自己的头和身体断开！我看着镜子里的自己，每每
疼出一身的汗来，像是有人拿了刀子，一次又一次，一刀又一刀，
永远不断地割在我的颈上！

你们能不能想象那种疼法？

直到如今，我每次看到这伤口，摸到这伤口，想到这伤口，那
种要命的疼痛依然会卷土重来，就像是现在……可是我的痛，却没
有办法让他知道。那阵子，我们总在争执，总在吵架。凌大小姐再
一次主动搬了出去。

那一天，西城送走了她，站在门口，回身望着我。他的样子疲
倦极了，也无奈极了，那神情，叫我心里某一处地方，陡然地凉
了。在那一刻，我知道，有什么东西过去了，再也寻不回来。

西城答应我不再和凌霄见面，可是有好几次，他找借口出门，
我悄悄跟在他后面，都发现他是去和凌霄见面。

我假装不知道。

每一次他回家，总是跟往常一样地对我好，温言细语，轻怜蜜
爱，就像我还是他心里唯一的那一个。

但我只觉得冷。越来越冷，一直冷到骨髓里。

他和她一次又一次偷偷见面，若当真是坦坦荡荡，又何必瞒着
我？他难道不知道，他每去见她一次，就背叛了我一次？他若心里
已经没有我，何必对我这么温柔体贴？他难道不知道，我要的骆
西城，是对我一心一意的骆西城，哪怕有半丝异心、半点犹豫，
都不是我要的那一个？他难道不知道，他这样对我，只让我越来
越痛苦、越来越屈辱？他难道不知道，他这样对我，是绝了我所

有的活路?!

我不愿意再和他争吵，也不屑和他争吵。整日里哭哭啼啼吵闹不休，是市井妇人，不是飞天夜叉花弄影。只是有时候，不经意间想起了过去的事，总忍不住心中怆然。每个人的一生中，总会有那么片刻光景，叫人生不能弃，死不能休，哪怕碧落黄泉，亦不能忘。

我的片刻光景，落在了汉水江心的那条孤舟上。

那个清晨，悠悠烟水，四野寂寥。他说，你放心，我一生一世对你好。我是那样欢喜，一时间，虚空中都生出花来……

他的脸他的话他的笑他的眼神——都在眼前，我的欢喜，也还像真的一样。

但已是隔了情天恨海的前尘。

再想起那时节，心上花开，不知为谁?

而他的片刻光景，又是为谁?

入我相思门，知我相思苦，长相思兮长相忆，短相思兮无穷极……都说相逢便是相思彻。可为何我与他日日厮守，却觉彼此离得那么远?

韦堡主，你说，情人都是可死而不可怨，那为何我明明这样爱他，却又这样怨他? 是我爱的不够，还是我早已经不爱? 我只觉万念俱灰，四面都是墙，眼前已是一条没有尽头的死路。我想，我除了死，已经别无他法。但那时候我已经求死不能，除非能找到藏魂坛。

那一天，西城又出门去了，不知道是不是去见凌大小姐。宅子空落落的，冷冷清清，就像我心里一样。我翻遍了宅子的每一个角落，没能找到我的藏魂坛。

于是我做好饭菜，温好酒。等他回来，我们就在窗下面对面坐着。院子里，秋虫细声细气地叫着，桌上的烛火烧得热热闹闹。我为他斟酒，他就给我夹菜。他高兴，我也欢喜——我们已经很久很久，没有这样平平静静地吃过饭了。

他喝酒的时候，我就撑着头倚在桌上看他。我第一眼看到他的时候，就觉得他很英俊、很好看。只是一直没有告诉过他。等他喝醉了，我就问他，把我的藏魂坛放在了哪儿。他醉意上来，不提防，果然告诉了我，说东西就藏在南墙外竹林里的一块大石下。等他睡着，我就去了他说的地方，在那竹林里拼命地挖，拼命地挖……

不知过了多久，我什么也没找到，却听到身后传来哽咽似的一声响，一回头，就看见西城。他站在我背后，不知道已经在那里站了多久，他全身都在发抖，脸色白得吓人，像是伤心透顶，又像是不能置信——我从来没有看到过他那么惨淡痛楚的表情，彻底绝望一般，又不知为何燃烧着愤怒。

我这才知道，原来他没有喝醉，这里也没有我的藏魂坛。他只是在骗我。我还是找不到我要的解脱。他站立不稳似的，慢慢走过来，走到我面前。

我平平静静地站着，两手的手指上都是血。我笑了笑，说："西城，你怎么了？你不是也说过吗？我太骄傲，眼里又容不下一粒沙，像我这样的人，总是不能长久的。就算你今天不告诉我，总有一天，我还是会找到的。"

西城不说话，只是痴痴地，痴痴地看着我。不知道过了多久，突然抱住我，失声痛哭。

在他的怀里，我突然想起了我小时候在水月宫，那里有个疯婆婆，每一天，她都坐在沙漠上，流着泪，望着沙漠的那一头。那时候，我不明白她在哭什么，又在为什么人而哭。如今我终于明白——这世上，有多少男欢女爱，有多少罗愁绮恨？这世上，有多少齐眉爱侣、多少人间佳偶？有多少生离、多少死别，又有多少得成比翼、多少终成陌路？

你也痴。我也迷。到此痴迷两为谁？

人生若只如初见，何事秋风悲画扇？

那一刻，幽暗的竹林里，我只听到他的哭声，那么痛苦、苍凉，那么无奈而卑微，却又那么惊心动魄、荡气回肠，一直响、一直响……

那天晚上，一直到最后，他也没有说过一句话，只是抱着我流泪，然后像当年背着我逃出火海那样，背着我回了家。

第二天我醒来的时候，西城坐在床边定定地看着我，眼里都是血丝。见我醒了，他像是有些悲哀地笑着，握着我的手，说："我们走吧，好不好？我带你回大沙漠去，从今以后，我们再也不来中原，你说好不好？"我问："那凌霄呢？"他叹了一声，说："骆西城一生顶天立地，说过的话从未不算过。但这一次，只好算是我负了凌大小姐吧！"我几乎不敢相信自己的耳朵，好半天，才觉得脸上湿漉漉的全是眼泪。我颤声道："你……你别骗我！"

他笑笑，伸手帮我把眼泪抹去了，说："只要你好好的，我就是

应了誓，万箭穿心不得好死，又有什么打紧？你只记得我说你太骄傲，怎么就不记得，我还说过，只要我骆西城还有一口气，就要一生一世对你好？"

西城这次没有骗我。他当天就收拾好了行李，和我一起去找了凌霄说清楚。凌霄知道我们要离开中原，先是祝我和西城白头到老，说自己也准备回辽东去，爽快极了。可我们上路没两天，她就追了上来，说是一场兄妹，想送我们夫妻出关。西城不好拒绝。我想着，反正很快我就再也不用见到凌霄，也就同意了。

凌霄这一送就是大半个月。每天，我看着她和西城说笑，总是忍不住越来越害怕自己刚刚从绝望里燃起的那一丁点儿希望，不知什么时候就又会化了泡影。

我的预感一向很准。

那天我们住在一家小客栈里，早上起来，凌霄突然说身体不舒服，西城便决定休息一天，第二天再赶路。就是那一天，凌霄把他约去了那片核桃林，当我听到店小二说，亲眼看到他们两人亲亲热热地去了核桃林的时候，我什么也来不及想，立刻跟了去。

我到了核桃林，发现他们果然又在瞒着我见面，已是怒火中烧，再看到西城环着凌霄，两人神色亲密，就更是绝望已极。西城看到我出现大是惊讶，我只看到他嘴唇在动，却已经听不到他究竟在说些什么。而凌大小姐正站在他身后，对着我冷冷地笑。

一瞬间，我脑子里轰的一声，什么都不知道了。

我只是转身就走，越走越快，等我终于找回了意识的时候，自己已经站在客栈前。

　　我正犹豫着要不要进去，西城就冲了出来，不知为什么，他一脸怒色，也不说话，死命拖着我走。我被他拖到了三里外的一条山路上，地上正横七竖八地躺着一队过路客商的尸体，每一个，都是被短剑刺中心口而死。

　　我先是一惊，再看看西城的模样，就一下子明白过来——他多半是在找我的路上发现了这些尸体，于是就疑心是我在盛怒之下拿出旧时手段杀了那队客商——原来在他心里，我永远都是当年的飞天夜叉！

　　一时间，我心都凉了。

　　他不肯听我解释争辩，只是声色俱厉不断追问我为什么要滥杀无辜。

　　不管我怎么说、怎么辩解，他都听不进去。我忍不住，冲着他大喊道："是，他们都是我杀的！我只要不开心，就想杀人！你要是惹恼了我，我就回去把客栈里的人全都杀了！我连你那个宝贝的凌大小姐也一起杀了！"

　　他气得浑身都在发抖。

十·**杀机**

　　花弄影幽深的瞳眸里，慢慢升腾起了一股叫人胆寒的恨意。

　　事隔二十年，那深刻入骨的恨意，再一次在这个红衣女子漠然而骄傲的面孔上，疯狂地燃烧着——

　　她一字一顿地道："我，要，杀了他！"

"我真后悔救了你。"

花弄影闭了闭眼，自嘲似的，凄凉一笑。

"二十年来，我每次一闭上眼睛，就看到他那天的样子——站在我面前，冷冰冰地，说，我真后悔救了你。'我真后悔救了你……'他这一句话，在我脑子里响了整整二十年！这二十年来，我耳边无时无刻不在轰鸣着他那天的声音！我真后悔救了你——哈，哈……"

她深深吸了口气，转头看向凌霄。

"当年我没有多想。这些年想起旧事，倒发现了许多蹊跷。凌大小姐，那天在核桃林，我一怒之下转身走了，你说追上来跟我解释，我其实并没有走远，为何却一直没有见你追上来？那天你直到天黑才回来，又是去了什么地方？凌大小姐，如今西城已经不在了，你能不能老实告诉我，那队客商是怎么死的？"

凌霄脸色变幻不定，咬了咬下唇，好一会儿终于道："不错，是我杀的。但我本来是没准备要杀人的。那时候，我已经试过好几次，故意制造误会，让你们争吵不休，好叫西城厌烦你。那次，我本来也只是准备略施小计，让你们误会吵架。

"那天我说有话想对他说，约他去核桃林，他不疑有他，果然去了。跟着我又给了那店小二几钱银子，要他告诉你我和骆大哥一起出了门。我知道你一定会来，便算准了时间，故意叫你看见我和西城亲密的样子。你心高气傲，果然拂袖而去。西城要来追你，我拉住了他，说你正在气头上，还是由我亲自跟你解释好些。西城见你不听他解释，也是灰心生气，就答应了。但我就是要你们误会争

吵，又怎么会去追你？

"我假意追出去，其实就躲在林子里不远的地方。我看见他在原地怔怔站着，但，过了片刻，却还是朝着你走的方向追了出去。我气急了，你这样对他，他明明那么生气，为什么还是一心想着你？我正在气头上，就看到了那队客商，我故意找茬儿，本意只是想找他们撒撒气，但其中一人却拔了短剑出来。我看到那把短剑，想起你用的也是这样一把短剑，就……"

凌霄没有说完。

花弄影看了她半天，有些疲倦地道："原来如此……原来如此……凌大小姐，我原本没有想到是你做的，只是这些年，每次一闭眼，当年的事情就像噩梦一样，死命纠缠着我不放……凌大小姐，你扪心自问，可对得起那一队无辜枉死的客商？西城那么信你，宁可不信我这个妻子，也从来没有疑心过你，你又怎么对得起西城？"

凌霄触动心事，尖声叫道："住口！花弄影，你说我对不起西城，那你又是怎么对我的？你要他带你回大沙漠隐居，从此不履中原，你可想过我的感受？你们这一走倒是容易，可我呢？你们走了，我这辈子却再也见不到他了！他是个顶天立地的好汉子，若不是你逼他，他既发过誓不抛下我，又怎么会负我？若不是如此，我何必铤而走险，把将军府的人引了来与他为难？！"

苏妄言嘴唇掀动，似是想说什么，却不知该说些什么。他只是觉得，眼前的凌霄已经全然陌生，早已不是他所"认识"的那个凌夫人。火堆旁，王随风、马有泰听到这里，心中也都生出了种难以言说的异样感觉，再想起二十年前那个在静夜里唱着歌儿的凌大小

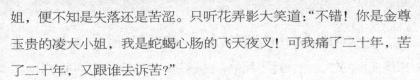
姐，便不知是失落还是苦涩。只听花弄影大笑道："不错！你是金尊玉贵的凌大小姐，我是蛇蝎心肠的飞天夜叉！可我痛了二十年，苦了二十年，又跟谁去诉苦？"

凌霄重重哼了一声："花姐姐，你有什么苦？当年他为了替你找返魂香治病，肯豁出性命不要，闯上将军府，若换了我是你，便是死了也值得！"

花弄影突地厉声喝道："我倒宁可他从来没有去过将军府，从来没有认识过你！我宁可那时就死了，再也不用面对后来这一切！"

她冲口说了这一句，声色俱厉，苍白的面容上平日的冷漠孤高都不见了踪影，语气激烈，叫在场的众人都吓了一跳，个个都想，花弄影如此失态，可知这句话在她心里不知已放了多少年了。

花弄影深深吸了口气，平静下来，这才接着开口：

"你说你对他一见倾心，但一开始，我并没发现你对他有什么特别的心意，我只是感激你为了我们夫妻奔走，但后来，我就发现你看他的眼神慢慢变了，从那时候起，我就知道了你的心思。"

凌霄脸色微白，终于承认道："……你说得没错，当年我盗香出走，虽说是在飞觞楼一见之后，就思慕他的气派风度，但其实大半的原因，还是为了跟我爹赌气——他不让我用返魂香，我就偏要用；他不用返魂香救我娘，我就偏要送给不相干的人。我到了衡阳，见了他对你的种种体贴、种种好处，再想起我的父母，先是羡慕你们恩爱，嫉妒你能让他这么对你，后来不知道从什么时候开始，我心里就只有他了……"

"凌大小姐，你明明喜欢他，却还是为了找法子救我四处奔波，

这件事，我当年感激你，如今也还是佩服你。"

凌霄却不领情，咬着牙道："你以为我当真想救你吗？我恨不得你早些死才好！"

花弄影挑眉反问："哦？既然如此，那时候我死了，你又何苦费尽心思把我救活过来？我死了，你岂不正好可以和他双宿双飞，做一对快活鸳鸯？"

韦、苏几人虽然已知道她是死后被凌霄以藏魂术救活的，但听她这么说起，还是觉得有些不自在。

"你以为我没有想过？花姐姐，我老实告诉你，要我救你，我心里是一千个一万个不愿意！但我看到他坐在你尸体边的神情，我就知道，他是打定主意，要和你一起死的了。我不救你，他也活不了；我不救你，我也得不到他。与其这样，我还不如救了你，叫他永远欠我一份情，永远都甩不开我！只要我能留在他身边，终有一日，他就是我的！"

说到最后一句，眼中阴狠之色一闪而过。

花弄影冷笑一声，轻蔑地看了凌霄一眼，正要开口，突听得峰底有什么声音。众人不由得都住了声，侧耳细听。那声音越来越大，不一会儿已经清晰可辨，却是许多人的说话声、吆喝声、脚步声，拉拉杂杂，渐朝着山上来了。

韦、苏二人对视一眼，韦长歌站起身，顺着来路奔出十来丈远，向下眺了一眼，心下暗惊，又飞快掠回了大石旁。

苏妄言迎上去道："出了什么事？"

韦长歌沉声道："有人上山来了——还是长乐镇外的那帮人，怕有好几百号人。"

苏妄言讶然："什么？"王随风惊道："他们怎么会知道我们来了这里？"韦长歌微微苦笑，摇了摇头。"怪得很……想是韦敬办事不力，走漏了风声。"

"韦堡主，你可知道我最讨厌你什么地方？"苏妄言淡淡地问。韦长歌一愣。

苏妄言斜他一眼，数落道："韦堡主有话从来不肯直说，非得兜个圈子。你想说苏辞不成事，漏了口风，为什么不直说？倒把韦敬扯出来，这是做什么？"

韦长歌原本确有此意，只是怕苏妄言多心，话到嘴边才转了个圈，推在韦敬身上，只是苏妄言这么一问，就更不能承认了。只好笑了笑，指着峰下道："我们现在该怎么办？"

峰下火光闪动，来的那些武林中人，已到了半峰，再有片刻就该到此处了。

君如玉独自一人坐在那大石上，此时突然轻笑一声，长身而起，轻飘飘落下地来，也不说话，只是冷冷盯着凌霄。

凌霄不由得打了个寒噤，默默低下头。

君如玉忽而又笑了笑——那张病黄的脸上只多了这么一丁点儿微笑，不知为什么，突然就令人如沐春风也似，温柔得叫人怦然心动。

君如玉站在大石旁，笑了笑，突然俯下身，双手抱住了那块大石头的底部。苏妄言微微变色，便看那块两人合抱的大石已被君如玉举了起来。君如玉轻轻松松把那块大石举在头顶，脸上竟没有半点吃力之色，众人神情各异，都静静看着他朝着峰下而去。

君如玉手托大石，优哉缓步，直走出两三百步，才将那大石头往地上一放。大石落地，激起积雪四溅。

须臾，峰下来人已到了近前，果然浩浩荡荡，足有三五百人之众，依稀便是在长乐镇围杀花弄影的同一批人。

这群人吵吵闹闹地上得峰来，远远望见前面峰坡上，依稀有一个红衣人影，都是激动万分，纷纷喧哗起来。还没走到跟前，冷不防，便看一个佝偻腰背、面黄肌瘦的中年病汉靠在一方大石上冷眼看着众人，走在前方领路之人，不由得停了步子。

便听后面人群中有不少人发声问道："怎么了？""出了什么事？""花弄影就在前面，怎么不快点上去抓住她！"

君如玉斜倚石上，双手笼在袖中，面无表情，沉声道："站住。"

他说了这两字，众人恼他言语傲慢无礼，皆是激愤，一阵喧嚷，人群又开始向前涌来。

君如玉不动不笑，只木然道："你们可知道这里是什么地方？"

这些人其实也都知道此地乃是一幻境外，只是个个报仇心切，一时间也想不到许多，拼着一口怨气结伴追上了山。此时听到这桀骜古怪的病汉这样发问，方记起自己已到了一幻境之外，想起传说中月相思的种种古怪手段，每个人心里都不由得紧张起来。

君如玉一指那块大石头，语气平平地道："幻主有令，凡来一幻境者，都得在此止步，不许越过这方大石。如有违者，生死自负。"

这一群来人，皆是武林中人，其中不乏经验老道者。这些人也都知道月相思以大石为记严禁外人踏入一幻境的传闻，正与这病汉

所言相符，当下不由得三三两两交头接耳起来。

有人疑道："前面那几人，怎么就能进去？"

君如玉嘿然，阴阳怪气地道："幻主要见什么人、不见什么人，难道还要你们来管？那几位中，有天下堡的韦长歌、洛阳的苏妄言。你们哪一个自认有资格可以跟他们平起平坐的，也大可以出来求见幻主。"

他这几句话，确然没有一句假话，但这些人听在耳里，便都把他认做了一幻境派出来的人。当下更没有人怀疑，他说不能越过大石一步，当真没人再敢往前走。

人群窃窃私语了一阵，便听有人扬声问道："前面穿红衣服那个女人明明就是花弄影！难道她也是一幻境的座上客？今日不报父仇，誓不下山！"君如玉面上陡地一冷，漠然问道："你见过花弄影？"那人一顿，片刻才道："虽然没有见过，但武林中谁不知道，只有花弄影才是一身的红衣红裙？"

君如玉仰头大笑，直笑得那人脸色青了白、白了青，赧然无语。

君如玉笑罢，淡淡道："哦？那我要是穿了一身红衣服，难道就也变成了花弄影？难道说老兄你洞房花烛的时候，跟你上床睡觉的也是飞天夜叉？"

人群里爆出一阵窃笑。

那人面如土色，恨恨一跺脚，转身疾奔而去。

君如玉一拱手，沉声道："各位也都请好自为之吧。莫听信了那些捕风捉影的谣言，大仇未报，先枉自送了性命。"语毕不再多说，转身负手，慢慢走上峰来。

便看结集在大石旁的那一大群武林中人彼此争论不已，再过得一会儿，便渐渐散去了一拨儿。还剩了一小半不死心的，依旧在那大石处逡巡观望，不肯离开，却不敢越过那大石一步。

众人见君如玉谈笑间便阻住了这群人，心里都佩服不已。

苏妄言看看峰下，又看了君如玉一眼，笑道："都说公子机智非凡，果然名不虚传。"

君如玉似有似无地一笑，回过头，却极凌厉地扫了凌霄一眼。

韦长歌看在眼里，若有所悟，却不道破，见远处风波暂息，便含笑向花弄影问道："骆夫人，那日核桃林之后，又发生了什么事？"

花弄影没有说话，那本就苍白的脸色，渐渐地愈发白了，但在那惨淡的苍白中，却又隐隐流转着一种无以名之的光华，不知为什么，叫在场的每一个人心跳都异样起来，看着她美丽而苍白的脸，无端突然就有种"她活过来了"的感觉——

"他说，我真后悔救了你。"

良久，花弄影缓缓开口，说的，却仍是这一句话。

"……那时候，他冷冰冰地望着我，说了这句话，我一时吓得呆住了。他这句话，像是一个惊雷，瞬间击中了我，在那一瞬间，叫我又死了一次！他不知道，他说出这一句话的那一刹那，花弄影就已经魂飞魄散，永世不得超生！当我终于清醒过来，有了知觉，我第一个念头，就是杀了他。我想着，完了！我完了！一切都完了！这个人不是我丈夫，不是我爱的那个人！他是假的！这不知道是哪里来的妖魔，占了我丈夫的身子，用我丈夫的脸，用我丈夫的声音，对我说了这么绝情的话！我要杀了他！"

　　花弄影停了停——事隔二十年，她一忆起这段往事，仍然语调失常，嘴唇不住颤抖，手指拧成一团，可以想见当年她乍听到丈夫说出这句话时，会是怎样的一种情况。韦苏等人心中不由得都是五味杂陈，为她难受不已。

　　"……他像是也被自己的话吓倒了，也怔住了。我们都动也不动地站在那里，动也不动地望着对方。他的目光交织着愤怒和歉意，但我心里的恨意却越来越浓！不知道过了多久，西城身子摇了摇，颓然地叹了口气，大步走过来拉住了我的手，牵着我沉默地走回了客栈。表面看来，我们又和好如初，他再也没有提过核桃林的事，依旧温柔对我。但我在他说出那句话的那一刻，就早已经动了杀机！不管他怎么做，都已经没用了——或者说，他越是温柔地待我，我的杀意就越浓——他和凌霄暧昧在前，对我绝情在后；他叫我在苦海里挣扎，在我就要溺毙的时候给了我希望，末了却又亲手毁掉了这希望！如今他再怎么温柔地待我，也不过是为了再一次羞辱我！我再不会相信他！我日夜思量，终于下定了决心。"

　　花弄影幽深的瞳眸里，慢慢升腾起了一股叫人胆寒的恨意。

　　事隔二十年，那深刻入骨的恨意，再一次在这个红衣女子漠然而骄傲的面孔上，疯狂地燃烧着——

　　她一字一顿地道："我，要，杀了他！只有我自己知道，我只能杀了他！"

　　围坐成一圈的人们，不约而同感觉到了一丝寒意。

　　凌霄哑着嗓子道："我就知道是你！除了你，别人也害不了他！你是怎么害他的？"

"凌大小姐，你记不记得我的那只小鸽子？"

花弄影似笑非笑地问着，却不等凌霄回答，自己接着道："那只小鸽子，就是那次我在核桃林看到你们亲热，怒极出走，在路上救回来的。它雪白雪白的羽毛，红彤彤的小嘴，宝石似的眼睛，都叫我喜欢极了……我每天都把它带在身边，饮水吃食，都是我亲手喂给它——凌大小姐，你还记得吗？"

花弄影话音柔柔的，韦长歌、苏妄言听在耳里，却不由得都是一惊。花弄影眉眼含笑，轻声道："那时候，他终于有了决定，想和你说清楚。在来归客栈，他约你出去，叫你回家，不要再跟着我们。你气急败坏，一句话不留就走了。但我知道，你绝不会死心，一定还会回来，所以那天晚上，我把那只鸽子做成了下酒菜，给他送了去……"

韦苏听到此处，都是恍然，皆在心中暗道：不错，那日赵老实送了毒酒上去，骆西城根本不放在眼里，跟着骆夫人就在厨房做了几道菜，说是端进去给骆大侠下酒，莫非毒就下在那几道小菜里？

便听凌霄问道："你在菜里下了毒？"

马有泰略一迟疑，惑道："骆夫人，我听说骆大侠天生能辨百毒。蜀中唐门曾用了一百多种无色无味的毒药来试他，却每一种都被他尝出来了——你在菜里下毒，又怎么瞒得过他？"

"我是下了毒，却不是下在菜里。当年，水月宫曾有一种毒药，名叫'暗香'，鸟类只要吃过一次就会上瘾。这暗香还有一个好处，鸟类吃了只是上瘾，没有实在的危害，可人若吃了，就是剧毒。我每日把暗香混在鸟食喂那小鸽子，日子久了，那只鸽子从骨到皮都带了毒性，只是那毒，就是唐门的大当家来了一样也是分辨不出来的。那天晚上，我就是用那只小鸽子做了菜给他吃，果然他也没有发觉。"

凌霄愣怔许久，低声道："原来是这样……原来你从那时候，就有了这打算了……"

花弄影冰冷冷地笑了笑："说来也是阴差阳错。当日王大先生和马总镖头让赵老板送来毒酒，我和西城还都以为是你派人送来的，所以才动了手，亏得后来你真的带着将军府的人来了，不然，岂不是叫我白忙一场？"

"你……你这是什么意思？"

花弄影讥讽似的凝视凌霄："你还不明白？就算那天他没有自尽，最后也会毒发而死，我早已想好了，我就是要让你看着他死在面前。我算准了你不会甘心就这么离开，我算准了他死后，你会用和当年一样的法子去救他，我也算准了，那时的情况下，你找不到藏魂坛，又怕我自己救醒他，独占他，一定会带走他的头。"

花弄影轻叹一声，惋惜似的摇了摇头："你素来是这样，自己若得不到，便怎么也不愿便宜了别人——若不是你怕我独占了他，早些把他的头还给我，我早已让他活过来了，你也何必受这么多年的折磨——唉，凌大小姐，你看，我岂不是很了解你吗？

"凌大小姐，这二十年来，你是不是每一次看见他的脸，都觉得钻心地疼？这二十年来，你是不是无时无刻不在害怕？怕他活不过来，怕我会打碎那藏魂坛……你是不是总要盯着他的脸，看他没有变成一堆腐肉，你才安心？这二十年，你可曾睡过一个好觉？"

花弄影淡淡一笑，慢慢地，却斩钉截铁地道："我就是要你煎熬难受，要你一日都不能好过！你莫要忘了，你有多恨我，我只会更加恨你！他明明是我的，你却总要和我抢！我便是毁了他，也绝不遂你的意。你可知道，是你害了他。你若不这么爱他，他就不会死！"

韦长歌和苏妄言听到此处，终于都渐渐恍然——花弄影为什么要害自己的丈夫，为什么不让凌霄救活骆西城，为什么故意让凌霄听到脚步声带走人头……许多疑问，到此时，终于找到了答案。

苏妄言轻声问道："骆夫人，那当年骆大侠究竟为何突然自尽？"

花弄影望了他半天，悠悠道："若是有一天，你发现，你防得了天下人的明枪暗箭，却防不了与你同床共枕了多年的妻子下毒害你，你会不会也心灰意冷，一死求个干净？"

"疯了……疯了……疯了……"凌霄脸色苍白得骇人，口中不住喃喃自语，突然爆发似的，嘶声喊道，"你疯了！花弄影你疯了！"

花弄影脸上一沉，怨恨、嘲讽、不屑、愤怒、痛苦、绝望，种种神情一时间都写在眼里，只一瞬，却又敛了回去，只剩了淡淡的悲悯，却不知是为了凌霄，还是为了自己，抑或，是为了那个死别了二十年的爱人……

"是啊，疯了，我早就疯了！从我第一次听到你和他说话，从我不杀他一个人离开洛阳，我就已经为他疯了！只是你们都不知道……他也不知道……他不知道，我有多爱他，他不知道，我有多恨他！我已为他疯了，我所有的一切就只剩了他！可是他却不明白……他不明白——我已不是飞天夜叉，我已不是花弄影，我已不是父亲的好女儿、兄长的好妹子，我甚至已经不是人！若我不是他的妻子，那我又还能是什么呢？

"他说要一辈子对我好，却又背叛我，他若真心爱我，便不该答应凌霄的要求，我只求他一心一意地对我，我就是死了，又有什么打紧？他怪我滥杀无辜，是不是因为，在他心里，我永远都是那个心狠手辣的飞天夜叉？我纵有不是，总是他的妻子，他难道不知道，他既然爱我，就永远也不该怀疑我！

"你天真烂漫，我蛇蝎心肠；你善解人意，我咄咄逼人；你千般好，我万般不是……"

花弄影轻轻闭上了眼睛，忽地，那眼泪就成串滚落下来。

"他只记得你怎么为了他弃家出走，却忘了我也曾为他手刃了亲生的兄长！他舍不得你半点伤心，却宁愿从没有救过我！我抛下杀父之仇、破家之恨，我放弃了一切，换来的，难道就只得他这几年虚情假意？他可以用那一句话杀死了我，我为什么不能杀他？我又怎么才能不杀他？"

花弄影颤声道："我越是爱他，就越是恨他，恨不得一块一块撕下他的肉来，剜出他的心来，看看他的心里，究竟有没有我？可是我越恨他，也就越爱他……我已经站在了绝路上……我本想一死解脱，却又求死不得，唯一的法子，就只好杀了他……"

她说到这里，声音一哑，再也说不下去，目中淌泪，却不擦不拭，任眼泪流了满面……

足足有一盏茶的工夫，谁也没有说话。

耳际只闻风雪吹送之声，更觉这崔巍群山的落寞孤寂。

风忽忽地刮着，擦过两颊，生冷地疼。可那风分明是吹在身上，却是为了什么，叫人从心里冷起来了？

"……凌大小姐，你问我的，我都回答了你，现下该我问你了——你说句实话，这二十年，你真的就只是到处找他的藏魂坛？你来这里找月相思，又把王大先生他们都找了来，又是想做什么？你的目的，真的就只是想让他活过来？"

凌霄呼吸一促，咬了咬下唇，没有答话。

花弄影定定看着她，轻声道："凌大小姐，你不肯说，我来替你说——你见到月相思，除了想让她帮你找出西城的藏魂坛，是不是还想求她帮你把我的藏魂坛一起找出来？你从始至终想的不是如何让他活过来，而是怎么除掉我，让他活过来和你在一起。你这次终于想到了办法请动月相思，可是又怕我死了，西城活过来，你没办法跟他交代，所以才劳心费力地把所有人都找了来。你不是找他们来对质，你是找他们来作证。你要他们听着我亲口承认我是怎么害了西城，好叫西城知道，你是迫于无奈，是为了替他报仇，不得已才杀了我——凌大小姐，我说得对不对？"

凌霄默然不语。

花弄影叹了口气，又向君如玉道："君公子，你能不能告诉我，方才那些人要上山找我报仇，这本不关你事，你为何帮我拦住了他们？"

君如玉看了看凌霄，坦然道："骆夫人，我其实不是想帮你。只是若不是凌大小姐通风报信，这些人又怎么会找到长乐镇来，又怎么知道我们来了一幻境？我既然答应了要帮凌大小姐请到月相思，就一定可以办到。凌大小姐瞒着我耍这些小把戏，却是小看了君如玉，我自然不能袖手旁观。"

凌霄脸色一白，嘴唇微动，好一会儿，才对花弄影道："你说得都不错，但这件事他却从来都没有对不起你——当年，我也曾打过你藏魂坛的主意，只是不管我怎么旁敲侧击，他从来没有吐露过只字片语。我暗地里找了许多次，都没有结果，我无奈之下才断了这个念头。"

顿了顿，道："但我知道，你这些年一直留在长乐镇，就是因为你把他的藏魂坛藏在长乐镇！这些年我抱着侥幸的心理，去过汉水，去过萧山庄，也去过衡阳……可是我既找不到你的藏魂坛，也找不到他的。这更坚定了我的判断，东西一定还在长乐镇上，只是我找不到！"

花弄影望着她，眨了眨眼，突然笑起来，笑容里几分凄楚、几分无奈、几分萧索，宛如是一抹啼血样的红，突兀地绽放在了皑皑雪原……

"凌大小姐，你以为我留在长乐镇是为了他？怪不得！怪不得你总不死心，每年总要找那么多人去那鬼地方送死！

"你错了，我留在那里，不为他——我只是为了自己。我回不了水月宫，也不愿意再回衡阳，我去了汉水，但找不到我那条小船，就连洛阳那妓院都在火灾里毁掉了，重修成了一座华严寺……天高地厚，我却是个不人不鬼、死不了也活不了的怪物，阳世不留，阴世不收，除了长乐镇，我又能去哪儿？

"我本以为，杀了西城，我就能解脱了，结果却不能。原来就

算没有了他，也还是一样。我本想，我要杀了他，然后远远离开，永生永世再也不要见到他。可到头来，除了有他在的长乐镇，这茫茫天地，我却也再找不到一处栖身之所……末了，还是只能和他的亡灵在那个鬼镇上朝夕相对，十年、二十年、三十年……一直看着他，一直痛苦下去……"

她看着对面的女子，倦极似的笑。

那女子的脸色倏而煞白了。

风声里，突然传来一声轻轻的叹息，像是来自遥远的山巅，回响在每个人的耳畔，便有一个淡淡的声音淡淡地道："凌大小姐，我以为你跟我一样，其实你跟我不一样。"

韦、苏等人听到那声音，都是一惊，不约而同，各自抬头循声望去——

只见一个少女，白衣赤足，不言不笑，双手抱膝，悄然坐在众人之间。平平凡凡的脸上，不见一丝表情，仿佛未着墨的宣纸。

此时韦、苏等人正围着篝火坐成一圈，却竟没有一个人知道这少女是几时来的，又是几时坐到了圈中，不由得都微微变了脸色。

只有凌霄惊呼一声站了起来，又是期待，又是忐忑，低低叫了一句："月姑娘！"

她叫了这一句，一时间，所有人都猜到了这少女的身份，都不由自主站了起来。

苏妄言心下大是惊疑，他素日听人说起月相思，都说最是一个冰肌玉骨、七巧玲珑心的人物，便总觉这样的女子，必然也是倾城倾国、风华绝代的了，却没想到，名动天下的一幻境主人竟是这副普普通通的模样！既不艳丽，也不妖娆，只是看来十分年轻，宛如十七八岁的少女一般。

苏妄言茫然之中，不由得抬头看向韦长歌，韦长歌也隐隐有些惊诧之色。

月相思却不看凌霄，站了起来，朝着峰下走了几步。

峰下那些武林中人，一直密切注视着这边的动静，一看到这一圈人中不知从什么地方突然冒出来了一个白衣少女，正朝峰下走来，便不由自主都屏住了呼吸。

韦、苏几人只看月相思越走越快，眨眼就站在了那块大石旁，不知说了句什么，便又转身朝上面走来。

便看那一百多人瞬时间一哄而散，生怕比别人走得慢了似的，纷纷狂奔而去。

月相思衣衫单薄，赤足行在雪地上，竟似丝毫不觉寒冷，面无表情，径直走到了苏妄言面前。

苏妄言快步上前，长揖道："晚辈苏妄言，见过月前辈。"

月相思上上下下打量了他一遍，淡淡道："你还是像你母亲多些。"

一语末了，伸手道："拿来。"

苏妄言忙解下背在身后的剑匣，取出秋水剑，双手递过。

一瞬间，月相思不自觉地屏住了呼吸，她将那秋水剑紧紧握在手里，不知在想些什么，许久，终于缓缓开口："他还好吗？"

苏妄言意会，道："有劳前辈挂念，他老人家除了行动有些不方便，一切都好。"

月相思微一颔首，定定看着那把秋水剑道："是他让你来找我的？"

苏妄言便是一怔，旋即想到，赵画回了一幻境，自然把事情始末都禀告了她。

月相思看他一眼，像是知道他在想什么，轻声叹息，又顿了顿，竟有些迟疑："他，他可说了什么？"

苏妄言心念一动，轻声应道："三叔说，明月是相思之物。"

月相思闻言竟轻轻一颤，面上掠过激动之色，嘴唇掀动，却终于什么也没说，只深深吸了口气，把秋水一寸一寸缓缓抽开，指尖一遍一遍，轻轻抚过那泛着寒气的表面。秋水剑光四射。潋滟光华中，她忽地扬起唇角，悠然一笑，那平平凡凡的面容，在剑光中竟有种皎洁之感，犹如天上明月。

不知过了多久，月相思终于还剑入鞘，扫了一眼君如玉，淡淡道："好好的年轻人，做什么把自己弄成这副鬼样子。"

君如玉一揖，含笑应了。

此时君如玉看来是个中年病汉，月相思不过是个十六七岁的少女，但她语气中却大有长辈教训晚辈之意，情形再古怪不过。只是此时，众人却都不敢发笑，他们早知道现在的病汉模样必然不是君如玉的本来面目，听了月相思这句话，更不由得各自在心底揣测着这如玉公子的真面目。

凌霄苦等了二十年，到这一刻，才终于见到了月相思，心下焦急，忍不住向前一步，又叫了一声："月姑娘……"

月相思依旧淡淡地道："凌霄，你好大胆子，你明知道妄言对三哥重如性命，竟还敢设计害他！"

话语虽简，却透着森然冷意。

凌霄心头一寒，戚戚道："求月姑娘再帮我一次，凌霄愿意为奴为婢，报答姑娘！"

月相思冷冷笑道："当年三哥要我帮你，你也说要结草衔环为奴为婢来报答他，你就是这样报答他？"

凌霄不敢应声，许久，才颤声央道："月姑娘，我并无意要害苏大公子！求你看在苏三公子份儿上，帮我把他的藏魂坛找出来！"

说到最后，已带了哭音。

月相思只是漠然看着她。

韦、苏二人对视一眼，都不知如何是好。

突然间，只听花弄影缓缓问道："月幻主，我知道，方才我说的话，你都听到了。我只想问，当年你们和凌大小姐萍水相逢，苏三公子为什么就肯帮她求情？你为什么就肯把你的独门秘术传授给她？"

月相思听她提起苏三公子，脸色终于慢慢柔和下来。

"骆夫人，别说你不知道为什么，就是凌大小姐自己，只怕也不知道是为什么。如今凌老将军已经过世，世上知道这件事的，就只剩三哥和我了……"

不知是不是想起了渡船上的那一夜，她轻轻抚着手上的秋水剑，好一会儿，才看着凌霄淡淡道："三哥和你父亲其实是旧识。"

凌霄一震。

苏妄言也是愕然。

"三哥少年时，一次偶然的机会结识了你父亲凌大将军，两人相谈甚欢，从此成了忘年之交。那时候，正值外寇来犯，边关吃紧，将士们死伤惨重，军中士气低落，凌大将军为此愁眉不展。闲谈之际，三哥知道了老将军的心事，他智慧过人，就给你父亲出了个主意。"

她说到这里，连一旁的马有泰和王随风都不禁心头一紧，感觉接下来她要说的话必是关系重大。

"三哥说，人生多苦，所以这世上每一个人都得要有一个美梦，有了这样的梦，人才能在困境中活下去。三哥说，传说西海中有聚窟洲，洲上有人鸟山，人鸟山上有一种返魂木，木心制成的返魂香可以让人闻香不死。仙山缥缈，返魂香也不知何处可寻，但它却正是边关数十万将士需要的那一个美梦。"

凌霄呻吟了一声，一脸惨白，止不住地发起抖来。

"老将军听了三哥的话，大笑而去，没过多久，就听说凌大将军从异人手中得到了一盒返魂香，而军中士气果然大振，不到一年时间，就击退了敌寇。"

马有泰屏住呼吸，颤声道："那返魂香，莫非是假的？"

月相思看了看他和王随风二人，说不出是怜悯，还是悲哀，淡淡道："自始至终，就根本不曾有过返魂香这东西，何来真假？"

王随风挣扎着道："如果当真没用，凌大将军为何又对它视若珍宝？"

月相思嗤道："你怎么还不明白？返魂香纵然不能却死返魂，却能让人做梦，辽东数十万将士，需要的正是这样一场美梦，所以凌大将军不惜一切，也要为他们守住这美梦。"

王随风呆了半天，转头看了看马有泰，两人呆呆地对视着，只觉这二十年来自己所作所为也像是做了一场梦，如今梦醒了，便不知道是该哭，还是该笑……

"原来是假的……所以爹不肯救娘，原来他不是不肯救，他是救不了……我只知道恨他无情无义，无论什么事总要和他对着干，为什么就从来没有想过，要好好陪他说说话，听听他的心里话……"

凌霄喃喃着，眼眶渐渐红了，不知是在问人，还是在问自己："其实我早该想到了……既然是仙药，便合该留在海外仙山，又怎么会落到这凡尘中来？"

月相思继续淡淡地道："你虽然不认识三哥，但当年三哥听了你的那些话，却知道了你就是辽东凌大将军的女儿。其实那时候，他就已经看出你心机深沉，性子偏激。但三哥说，若不是他给凌老将军献计，你本该可以快快乐乐地生活在将军府里，也不会因为你母亲的死误会你父亲，害得你们父女反目。若不是你父母的事伤透了你的心，导致你性情大异，你也不会落到如今这步田地。他觉得亏欠了你，而返魂香事关重大，他又不能对你说明，这才极力帮你说话——只要是他让我做的事，我从来没有拒绝过，所以他叫我帮你，我二话不说，就把藏魂术教给了你。"

凌霄没有开口，只是低了头，不住发抖。她鬓边有一缕头发落了下来，散乱地垂在脸侧，看得久了，就觉凄凉而无助。

韦、苏二人虽然已知道了当年的真相，但看了她这模样，却也都不禁有些恻然。

幻境外，一片寂静。

像是过了百世百劫那样久，凌霄陡地抬起头来，直直望着月相

思，用有些变了调的声音道："月姑娘，求你看在苏三公子份儿上，帮帮我！我只求他活过来！真的，我求你让他活过来……只要让他活过来……"

"……凌大小姐，那时候我帮你，固然是他替你说话，却也是因为你说的话。你说，你只要他欢喜，你不管做什么，都是为了他。我信了你的话。以为你和我一样，做什么，都是为了他。现在我才知道，原来你不是。"

月相思停了停，终于淡淡道："你回去吧。我不会再帮你。"

凌霄张了张嘴，却发不出声音，渐渐软倒在雪地上。

花弄影却轻笑出声，继而纵声狂笑，笑声中，终于潸然泪下。

二十年——等了二十年，苦了二十年，痛了二十年，终于等到这一刻的昭然若揭。所有暧昧不明的前尘，都终成水落石出后的萧瑟冷落。但漫长岁月中，心头那不曾愈合的伤口，在这一刻，却是为了什么，再一次地崩裂了？

月相思几不可闻地叹了口气。

"骆夫人，等你想死了，就再来这里找我吧！"说完，转身向苏妄言微笑道："好孩子，我要回去了，你送送我吧。"

苏妄言应了，月相思一笑，拉着他手，悠然走进雪地里。

苏妄言此时被月相思执着手，竟全无不悦之色。韦长歌看在眼里，不由得又是惊奇——他与苏妄言相交多年，知道苏妄言的怪癖，莫说是女人，便是朋友兄弟也从不许碰一下的，为此也不知挨了他多少取笑。月相思虽算长辈，但如此"识趣"的苏妄言，却实在前所未见。

月相思一手握着秋水，一手拉着苏妄言，直到走出十数丈外，方才回过头，说不清是惋惜还是怜悯地望向远处呆呆塑立的凌霄，喃喃地，又说了一遍："我还以为她跟我一样，原来她跟我不一样……"

隔着雪地，依然可见远处的篝火，经过了大半夜喧扰的火光，虽然微弱，却穿透了层层夜色，一直来到眼前。

"我第一次看到他，他的眼睛那么清亮，就像是这雪地里的火光……远远地，就把人迷住了……"

月相思眷眷微笑着。

她低下头，又看向掌中秋水，轻轻叹息："秋水剑现世，昔日的老朋友们，怕是都要被引来了吧——我在这一幻境里，日日夜夜，又是盼望，又是害怕，不都为了这一天？就只盼千千万万别叫那煞星知道了……"

说到此处，不知想到了什么人，眸光中凌厉之色倏而闪过。

她垂下眼帘，再抬眼时，却微带了迷惘失落之气，黯然呓语："这一次，这一次，我一定一定不再……"

月相思没有说完。

她笑了笑，把秋水还给了苏妄言，淡淡道："你偷的若不是这把秋水剑，你爹也不会这么着急上火地到处找你。你回去了，就说是我想看看秋水剑，是我叫你去取这剑的。我已着人去了苏家帮你说明，你放心，你爹欠着我天大的人情，是不敢和你为难的。"

月相思笑了笑，轻轻摸了摸他的脸："好孩子，我要走了，你回去吧！"

　　一瞬间，苏妄言只觉她抚在自己脸上的手虽然带着凉意，却那么温暖，想起幼年时的自己曾被这双手抱在怀里，倏地微微红了眼眶。

　　月相思放下手，转了身，就此踏雪而去，不再回头。

　　那身单薄的白衣，不一会儿就融在茫茫雪色中，再难分辨，只听见她的声音，如流水回荡在群山之间——

　　"秋水时至，百川灌河；泾流之大，两涘渚崖之间不辨牛马。于是焉河伯欣然自喜，以天下之美为尽在己。顺流而东行，至于北海，东面而视，不见水端。于是焉河伯始旋其面目，望洋向若而叹……"

　　苏妄言慢慢走回篝火旁。

　　火堆旁，众人都没有作声，只是静静听着那声音。

　　"……故生而不悦，死而不祸，知终始之不可故也……"

　　直到那声音听不见了，凌霄才又充满了恨意地望向花弄影，花弄影只是漠然回视。突然之间，凌霄眼神一变，脸上恨意顷刻间都被狂喜代替了，一言不发，就朝着峰下疾奔去了。

　　韦、苏等人都是愕然。

　　片刻，苏妄言突地一跺脚，叫了声："不好！"

　　话音未落，花弄影竟也是脸色大变，飞身直扑山下而去。

　　君如玉看着她红色背影如飞鸟一般投进雪地里，叹了口气，悠悠然地道："不错，不好。"

　　王随风几人或茫然，或不解，一齐看着他们两人。

　　韦长歌微笑解释："方才骆夫人说过，那间洛阳城里的妓院如今变成了一座华严寺，而洛阳离长乐镇不过三十里。对飞天夜叉来说，短短三十里，可说是倏忽来回，她要藏起骆大侠的藏魂坛，还有什么地方比这华严寺更好？"

王随风也明白过来："啊！骆夫人是把东西藏在了那里！韦堡主，苏公子，那我们怎么办？"

苏妄言看了看韦长歌，道："事情解决得差不多了，我反正是要回洛阳的，准备和韦长歌一起跟去看看，你们呢？"

君如玉笑道："自然奉陪。"

王随风、马有泰也都表示要跟去看看。一行人议定了，当即也都下山，一路疾行。路上遣人打探，多年以前，洛阳城里果然有一家妓院失火，周围数百户人家房舍都在火灾中化成了灰烬。鸨儿自觉罪孽深重，捐出毕生积蓄，四处募集善款，在旧址上起了一座华严寺。

一行人沿途都早有天下堡准备好的快马更换，但每每还是比花弄影、凌霄慢了那么一步。

这一天，到了洛阳，天气甚好，无雪亦无风。几人策马疾奔，由苏妄言引路，朝花弄影叙述的那座华严寺赶去。已是向晚天色，西面天空中，冬日的夕阳凛冽如血。前方传来声声暮鼓，悠扬而深沉，在雪地上远远传开。

不远处萧寺飞檐下，两个女子的身影，无言对立。

苏妄言低呼了声："骆夫人！"

翻身下马，往前奔去。

其余几人，也都纷纷下马追了上去。

到了近前，果然是花弄影与凌霄二人。

花弄影苍白的手里捧着一个雪白的小坛子，默然静立。那双美丽的瞳眸中，有着变幻莫测的美丽神情，其中有大沙漠的落日、昆仑的白鹰、汉水上的浮云，也有剑光过处爱人鲜血的颜色……仿佛倒映了过去种种，从淡淡哀伤中，渐渐酿出惨烈怆痛。

凌霄站在几步开外。她要的东西，她总能得到。她这样相信，所以直到这一刻，她依然紧抱着骆西城的头颅，如同二十年来她牢牢抓住不肯松手的希望。但在花弄影的脸上，却有什么东西，叫她一瞬间不由自主地惊恐起来。

花弄影只是看着凌霄，然后近乎贪婪地凝视着被她环抱着的那个人头——这男子神情鲜活，宛然带笑，那眼耳口鼻，分明是一场犹胜于返魂香的美好梦境。他如此英挺，如此温柔，仿佛马上就会眨眨眼，醒过来，说，你放心，我一生一世对你好……

她看着他的头。他的头看着她。他看着她。她看着他。

隔着人世光阴，黄泉末路，她与他对视……

一种不知是凄凉、悲苦、仇恨，抑或怜悯的奇特神色出现在她眼中，花弄影慢慢地举高了双手。

苏妄言一惊，心知不妙，就要奔过去，却被韦长歌一把拉住了。

韦长歌注视着那两个女子，缓缓摇了摇头。

苏妄言一怔，求助似的看向四周，但在这当口，君如玉也好，王随风也好……每个人都只是默然伫立。

苏妄言突然止不住地颤抖起来，连脚下的地面，都一时虚浮了……

凌霄仿佛不能置信似的紧盯着花弄影，继而恍然、惶然、恐惧，直至绝望，眼泪终于奔涌而出，想也不想，直直跪倒在地上，嘶声喊道："不要……不要……"

她跪在地上，匍匐着，爬到花弄影脚下，拉住了那红色裙角，哭喊道："不要……花姐姐，我们让他自己选，好不好？好不好！我不争了……我们让他自己选……"

凌霄牵着她的衣衫，不住哀求，眼泪浸湿了颊边乱发，直哭得声嘶力竭，就连这些年来像性命一样紧抓在手中的人头，也已落在了雪地上。

花弄影看着她，许久，却突然长长叹了口气，跟着手上施力，只听砰然一响，藏魂坛已碎成了无数块，散落一地。

"啊——"

凌霄瞪大了眼，张开嘴，却是连尖叫的力气都没有了，只发出短促的悲鸣，整个人扑到雪地上，双手不住在雪中翻找，但那雪白的碎末落在雪地上，浑然一片，竟是再也分不出来了……

凌霄红肿着双眼，呆呆跪坐在这雪地中。像是在她的身体里，有什么东西，随着那藏魂坛，也同时破碎了。

花弄影也没有动。顺着她目光看去，就在这片刻之间，那二十年不腐的头颅已成枯骨。她默默看着，眼中空空洞洞的一片，不知在想些什么，抑或什么都没想。

众人默默旁观，都没有说话。

这一刻，每个人都静静地，看着雪地中间的这两个女人——当年大沙漠上带着白鹰红衣红裙的飞天夜叉，当年将军府中风姿绰约

的黄衣少女，都在光阴的碎片中化作了飞灰。廿载流光，除却悔恨寂寥，又在她们的心底，残留下了几分甘甜滋味？

洛阳城里的雪夜，飞觞楼头的月色……那许多记忆、许多往事，末了都遮留不住，都如那千军万马，在这电光火石的一瞬，奔流而去……

浮生多贪爱，人间苦离别。

二十年来一梦，梦醒觉非今世。

光阴寸寸蜿蜒而过。

这一刻，十方宇宙，三世诸佛，皆是静默。

唯有扑在雪地上的凌霄，沙哑着声音，一遍一遍，喃喃地说："把他还给我，我们让他自己选……把他还给我，我们让他自己选……"

不知过了多久，天已暗了，天地像是一个巨大的口袋，把混沌的黑暗包在其中。花弄影终于慢慢地向前走了几步，拾起骆西城的头骨，紧紧抱在怀中。

凌霄嘶哑的哭声，依然回荡在雪地上。

王随风静静看着凌霄，神情复杂，他想到这二十年来执迷于不存在的返魂香而备受煎熬的自己。而眼前的凌大小姐，岂非也是坠入了一场虚无梦境而不能自拔？或许，这个世上，每个人都有过这样的梦境，只是有的人已醒了，有的人却一直沉溺下去……

他突然出声唤道："凌大小姐……"

凌霄一脸空洞，也不抬头，只是流泪。

王随风也不在意，看着她，沉声道："二十年前那晚，我和马兄弟曾听到骆大侠跟骆夫人说的几句话——那些话，当时我们都不明白，现下才懂了——这几句话，王某想学给大小姐听听。那天夜里，骆大侠在桌边喝酒，骆夫人坐在一旁相陪。骆大侠喝着喝着，突然叹了口气，问骆夫人：'你可知道，我这辈子，最得意的一件事是什么？'"

凌霄听到此处，不由得抬头看着他，屏住呼吸，等他说下去。

王随风接着道："骆大侠又问：'你可知道，我一生最想哭是什么时候，最开心是什么时候，最痛不欲生是什么时候，最不想死又是什么时候？'

"骆大侠说：'我一生中，最得意的事，是能得你为妻；我一生最想哭的时候，是那年穷街陋巷，你给了我一碗饭吃；我最开心的时候，是在汉水那条小船上，你把身子给了我；我最不想死的时候，还是那年在汉水上，你我约誓，生则同衾，死则同穴；我最想死的时候，却是那时候你死了，留下我一个人。'"

凌霄肩头一震，嘴唇微微开合，那种绝望痛苦，看来竟更甚先前！

王随风望定了凌霄，终于还是慢慢地道："骆大侠对骆夫人说：'我也不求五花马、千金裘，我也不要大江流、平野阔，只求能像这样和你在一起，冬天的时候，一起靠在火炉边上打个盹儿，也就知足了……'"

雪兴冲冲地下着，落在混入雪地不能分辨的藏魂坛碎裂的陶片上。凌霄坐在雪地里，怔怔望着王随风。

雪地泛着清冷的寒光，像要吸了人的魂魄去。沉默中，不知几

世几劫过去，只觉周遭都已是荒芜了。

"所求的求不到，求到了的，又是一场空——哈！哈！说什么浮生一梦，原来是这个意思，你要求的，原来只是这样！叫他欢喜的不是我，叫他难过的不是我，让他生让他死的人不是我！我这一辈子都只为了他！可原来，他却都不是为我！"

凌霄一面大笑，一面滚滚落泪，脸上的神色渐渐凄迷而狂乱，终于突地仰起头，厉声长啸起来……

韦长歌看了看凌霄，又看了看地上浑然的一片白雪，无声地叹了口气。

花弄影怀抱枯骨，久久没有回答。在她苍白的脸上，露出不知是觉悟还是执迷，是解脱还是更为疯狂的笑容，是一种奇特的艳丽。

"韦堡主——"

"嗯？"

花弄影望着凌霄，好半天，才轻轻地、轻轻地，一笑："韦堡主，你不曾见过二十年前的凌大小姐——二十年前的凌大小姐，实在是很美、很美的……"

一语末了，也不等韦长歌回答，兀自带着那种奇特的艳丽笑容，怀抱枯骨，径自转身，向着雪地的那一头飘然而去。

苏妄言脚下动了动，最后却还是没有追上去。

他目不转睛地望着那一道袅袅婷婷的红色身影渐渐消失在空旷雪地里，终于为了某个连自己都说不清的理由，流下泪来……

尾声

共酹一

梦浮生

　　韦长歌知道他在想什么，却没有说话。

　　入我相思门，知我相思苦。也许，每个人的心里都藏着一匹兽，越是相思，就越嗜血——

　　嗜情人的血。

天下堡有重璧台。

每年冬天，韦长歌总会有一半的时间在这里赏雪。

如今冬天已过了大半。

从高台上望下去，月色下，远处的屋宇楼阁依然覆着累累积雪，但间中某处却已从皑皑雪色里显出了一抹屋脊的青色。

小火炉上温着一壶酒。

天下堡的年轻堡主手执白玉杯，闲倚柱上，遥目远方。唇边含着从容笑意，好像冰雪尽消。

上一个这样坐在重璧台的夜晚，那个天底下最会惹麻烦的客人踏着雪来，也就带来了一整个冬天的奔波喧扰。而现在，这个会惹麻烦的客人正在洛阳家中受罚，季节却已到了冬末春初了。

韦长歌在重璧台上喝酒，想起远在洛阳的苏妄言，明亮如晨星的眼睛不由得更加亮了。

苏妄言回家的那天，他还有些担心，特地送到苏家门外。但苏大公子却只是背对着他挥了挥手，就这么大摇大摆地进了门。韦长歌看着那背影百感交集，终于就有些了解了面对着爱子暴跳如雷的苏大老爷的心情。

"……堡主，你说骆大侠爱的究竟是凌大小姐，还是骆夫人？"

一旁，韦敬迟疑着问。

"你说呢？他发誓不抛下凌霄，却背了誓；他误会骆夫人滥杀了无辜，却依旧与她远走遁世；他明知是谁下毒，是谁要害他，却临死还叮嘱凌霄不要为他报仇。若不是爱得入骨，又有谁能做到这一步？"

"……那，骆大侠当真是心灰意冷所以才自尽的？"

韦长歌转动着手里的酒杯，微微笑着。

"或许是，或许不是。若是有一天，我心爱的人，也在我酒里下了毒，大约我也会选择在毒发前自尽吧。至少，那些要为我报仇的人，只会以为我是自杀，却永远不会知道，究竟是谁害了我，又是谁想要害我——就当是为自己保留了一个美梦，黄泉路上，也就不至于那么寂寞了吧……"

韦敬轻叹了一声。

韦长歌知道他在想什么，却没有说话。若是可以耳鬓厮磨朝朝暮暮，有谁愿意面对这样鲜血淋漓白骨森然的结局？若是可以从容地爱，又有谁甘心这样惨烈？这一段纠葛，不知凌霄有没有后悔？骆西城有没有后悔？花弄影呢，她又有没有后悔过？

入我相思门，知我相思苦。

也许，每个人的心里都藏着一匹兽，越是相思，就越嗜血——嗜情人的血。

举目四眺，这个冬天，那莽莽的雪地把万丈红尘都生生埋在了下面——种种爱恨嗔痴，种种风起云涌，一一都被埋在下面，干干净净。千里河山，银色世界。

而人世中，又是哪一处的梦幻空花，正欢天喜地开着？

一滴雪水自高檐滴下，无声无息，落在地上，旋即失了踪影。

韦长歌懒洋洋地一笑，仰头喝干了杯中酒，随手将白玉杯抛向重璧台下，起身迎着夜风唱起歌来——

"美人迈兮音尘阙，隔千里兮共明月。临风叹兮将焉歇？川路长兮不可越……"

江南烟雨楼。

浅碧衣衫的翩翩公子站在细雨斜燕塔上，又一次在烫金请柬的落款处，亲手写下"君如玉"三个字，然后交给了身边的小童。

站在塔上，负手遥望，江南已是早春时节，春波泛绿，路边时而可见早开的嫩黄野花。却不知从此往北三千里的洛阳，是否依然是银妆素裹、冰封雪覆？

君如玉望着北方，再一次露出了说不清含义的笑容："等到春天……"

洛阳苏家。

"大少爷，你私闯剑阁本来是要砍去双手的，老爷只让你罚跪，已经是千幸万幸了！你好好跪着，可千万不要乱跑乱动呀！"

"大少爷，这次是你运气好，下次可没这么好运了，你以后别再犯啦！"

"大少爷……"

苏辞一脚放在门槛内，一脚踩在门槛外，唠唠叨叨地叮嘱着。苏妄言不耐烦地咋了咋舌，回头冲他恶狠狠地做了个鬼脸。苏辞吓了一跳，飞快地跳到门槛外，锁上了祠堂大门。

苏妄言望着那两扇厚重的大门，嘘了口气，而后极敏捷地站了起来。

他瞄了眼神龛上方数以百计的祖宗神位，捶了捶跪得发麻的双腿，漫不经心地走到香案前，端起供在灵前的酒水，熟门熟路地就着壶口喝起来。

光线阴暗的祠堂里，线香的味道盘旋在头顶，犹如从冥冥中传来的，苏家祖先们的无奈叹息……

长乐镇。

她斟了一杯酒，忽然抬起头，隔窗看向遥远的天际。虚空中仿佛传来了谁的歌声，叫她忍不住于死寂中侧耳聆听。

来了的都走了。热闹过后还是冷清。来归客栈里，最后还是只剩下她和他。她微微低首，为他斟满杯，红色广袖轻拂过桌面。他说过，不要五花马，不要大江流，只要像这样与她相偎灯下，靠着火炉饮一杯酒。她不知道这一次是不是可以信他。但至少这一次，已经没有凌霄，没有别人，只剩了她和他，可以日日厮守直至天荒地老万载千秋。

她浅笑举杯，冷不防，一滴眼泪落在杯里，和着酒饮下去了。

对座，荡漾的酒杯后面，白森森的头骨透过空空如也的眼眶温柔地望着她，似有万语千言……

且尽十分芳酒。

共倾一梦浮生。

后　记
吾将归乎东路

　　有一位宛若芝兰的男子。

　　这年的七月，经历了惨烈的官廷斗争，男子从京城洛阳东归封地，途经洛水。到了洛水已经是黄昏时分，男子站在日暮的川岸，忽而就做了一场绮丽之极的清梦。梦里，美丽的洛水女神站在对岸山岩上，脉脉含情。

　　此时是魏文帝黄初四年，男子的封号是鄄城王。

　　后来的人把男子的这一梦叫做《洛神赋》。

　　黄初四年，东归的马车里，疲惫的男子都在想些什么如今已经没有人知道。倒是他的这一场梦境，给我每一个睡不着觉的夜晚提供了许多遐想的材料。

　　我想，其实这个世界上每个人都在做梦，都有属于自己的美梦。这些美妙梦境或者可以实现，更多的却永远不能成真，甚至有时竟变成噩梦，叫人沉沦苦海，不得解脱。

　　只是明知是痛苦，却还是有人甘之如饴，有人奋不顾身。

　　因为，如果没有这样的梦，人就没有办法活下去。

　　梦是必要的，也是必须的。

　　生活在这个世界上的人们，各自怀抱着美梦，认真生活。有的人明知是梦仍无力自拔，以飞蛾扑火气魄投入梦境里；也有的人懵然无知而自得其乐，日复一日年复一年地沉溺其中。

　　江山是帝王的梦。

　　相思是情人的梦。

　　这一出《相思门》，是关于"相思"的梦，它起源于我的梦境，却是梦中的人们的梦——是凌霄的梦，花弄影的梦，也是骆西城的梦。

　　凌霄因为这一梦而迷失本性，费尽心机，却是一错再错，终至无路回头。花弄影为了这一梦，放下仇恨，抛弃身世过往，甚至犯下弑兄之罪，却还是穷途末路，怒杀爱侣。骆西城为了这一梦，凤立中宵，舍生忘死，付出了一切的结果，竟是饮恨黄泉。就像是千金散尽，黄粱梦

醒,终于都落在了"求不得"的苦境里。

我想,也许看过这一梦的你也会有和我一样的疑惑:明明以相爱开头,为什么会到了这地步?是什么叫情人变得无情,倾城化身夜叉,又是什么,让长相思变成了深相恨? 所谓相思,难道真的只是另一种意义上的返魂香,只能叫做过梦的人越发活得痛苦?如果可以不去占有,是不是就会有另一种结局? 如果可以从容地爱,是不是就不必走到这样的境地?

一入相思门,便知相思苦——

《夜谈蓬莱店》里,苏妄言说:"情人岂有不相思的? 相思,又焉有不苦的? "

韦长歌回答:"相思焉有不苦的? 但情人,又岂有不相思的? "

如果要我来说,情之一字,可死而不可怨而已。

至于徘徊在阳世与阴世之间的不死"刑天",那又是另一个梦境了——一个借由"藏魂坛"的传说借尸还魂的梦境。所谓"刑天",其实不过就是故事里的人们所执著的、不甘心破灭的那些美梦。

意象而已。

无头的尸体会在夜深的街头徘徊,你信吗?

至少我是不信的。

叫人舍生忘死奋不顾身的梦境,我有,你有吗?

黄初四年的七月,鄄城王曹植徘徊在洛水上,做了一个名为"洛神赋"的梦。从梦中醒来,这个宛若芝兰的男子,淡淡地,说:"吾将归乎东路。"

故事说完,我的梦也暂时告一段落,且也学着他的样子,说一句"吾将归乎东路"吧!

最后,在此要感谢画出美丽插图的李堃小姐,给我许多好意见的编辑小姐和尤其辛苦的校对人员。给大家添了许多麻烦,谢谢各位宽容我的任性。本书中有引用古人诗赋处,为行文流畅,故未加标注,特此说明。

"萌芽""接力"强强联手
"萌芽书系"永远青春

"萌芽书系"书目

1. "蔡骏心理悬疑小说"系列《地狱的第19层》 蔡骏 著 定价：19.80元
   短信游戏展现人性善恶，神秘油画暗藏地狱玄机。

2. "蔡骏心理悬疑小说"系列《荒村公寓》 蔡骏 著 定价：19.80元
   一旦打开《荒村公寓》，就会拥有一个刻骨铭心的夜晚。

3. "蔡骏心理悬疑小说"系列《荒村归来》 蔡骏 著 定价：19.80元
   《荒村公寓》姊妹篇。我听到我的灵魂在身体里问道："我还在吗？"

4. "那多推理悬疑小说·灵异手记系列"《神的密码》 那多 著 定价：14.90元
   看那多如何抽丝剥茧，逐一破解"神的密码"。

5. "那多推理悬疑小说·灵异手记系列"《幽灵旗》 那多 著 定价：16.00元
   一件千年史事玄机暗藏，一个"三眼人"的传说扑朔迷离。

6. 《少年查必良伤人事件》 李海洋 著 定价：14.80元
   李海洋最新奉献的青春、激情、令人震撼、发人深思的校园故事。

7. "菖蒲志异悬疑系列"《夜谈蓬莱店》 菖蒲 著 定价：14.80元
   一个围绕异域宝藏展开的奇异悬疑世界。

8. 《索眼校园》 唐明亮 著 定价：14.80元
   搞笑姐弟＋F3组合，唐明亮率众展开一场校园生死保卫战。

9. 《阿布》 张冠仁 著 定价：19.80元
   关于少年浣熊阿布的幽默诙谐的童话体青春小说。

10. 《我的秀秀姐》 马中才 著 定价：14.80元
    新校园言情小说，感人至深的高校爱情，真真切切的青春故事。

11. 《穿过岁月忧伤的女孩》 庞婕蕾 著 定价：14.80元
    一部讲述少女成长的青春小说。

12. 《左倾45°》 阿菜 著 定价：13.00元
    阿菜为您讲述三个性格迥异的女生故事。

13. 《关于爱.关于药》 朱婧 著 定价：16.80元
    朱婧个人短篇小说集，讲述校园内外、古今交错的诸多故事。

14. 《一路有言笑》 不宁惟是 著 定价：12.80元
    一个年轻女孩走世界的旅游随笔集。

15. 《逆时钟》 林静宜 著 定价：16.00元
    爱情热辣起伏，犹如一部青春偶像剧。

16. 《奶茶店的流浪》 张悦然、刘枫、杨倩等著 定价：16.80元
    多人散文精品合集。

17.《为你写日记》　蔡骏、马中才、阿菜等著　定价：18.00元
　　萌芽网站票选得票数量名列前茅的短篇小说悉数登场。

18.《我打电话的地方》　蒋峰、顾湘等著　定价：15.80元
　　收录《萌芽》7位年轻才俊的超人气作品。

19.《亲爱的小孩》　张悦然、四喜等著　定价：16.80元
　　《萌芽》杂志《小说家族》栏目的精品集。

20.《超越时空的传闻》　乱世佳人、白菜、流水剑客、夜X等著　定价：12.00元
　　《萌芽》杂志《惊奇》栏目的精华小说合集。

21.《一切归零》　郭敬明、沈星妤、颜歌等著　定价：18.00元
　　《萌芽》杂志《小说家族》栏目的短篇精品合集。

22.《有关爱以及流年似水》　李萌、宋静茹、刘莉娜等著　定价：14.80元
　　精选《萌芽》杂志散文栏目的20篇优秀散文。

23.《镜子的另一边》　蒋峰、小饭等著　定价：16.00元
　　集合2004年《萌芽》中《Amazing》和《Look》栏目的精彩作品。

"萌芽书系" 2006年新品：

24."蔡骏心理悬疑小说"系列《玛格丽特的秘密》　定价：19.80元
　　上海巴黎，传世羊皮书暗藏神秘危机；公主少年，解码画中画再现古典浪漫。

25."蔡骏午夜小说馆"（四册）《病毒》、《诅咒》、《猫眼》、《圣婴》　估价：29.80元／册
　　为蔡骏的心理悬疑小说、先锋派小说、历史小说等优秀长中短篇作品全集。

26."那多推理悬疑小说·灵异手记系列"《过年》　定价：15.80元
　　虽然迄今为止没有发现年有逆转时间的能力，但它几乎就是一种生活在时间中的生物……欲知详情，赶快"过年"吧！

27."菖蒲志异悬疑系列"《相思门》　菖蒲　著　定价：16.80元
　　是否每个人的心底都藏着一只兽，一遇相思，便要嗜血？超人气动漫插画手李堃倾情加盟。

28.《新概念作文大奖赛特色作文选》（四册）　定价：16.80元／册
　　新概念作文大奖赛参赛佳作精选集，特邀蔡骏、李海洋、那多、小饭四位当红青春作家点评分析。

图书在版编目（CIP）数据

相思门／菖蒲著. —南宁：接力出版社，2005.11
（萌芽书系）
ISBN 7-80732-107-5

Ⅰ.相… Ⅱ.菖… Ⅲ.长篇小说－中国－当代 Ⅳ.I247.5

中国版本图书馆 CIP 数据核字 （2005） 第 116650 号

责任编辑：曹　敏　　美术编辑：郭树坤
责任校对：张　莉　　责任监印：梁任岭

出版人：李元君
出版发行：接力出版社
社址：广西南宁市园湖南路 9 号　　邮编：530022
电话：0771-5863339 （发行部）　　5866644 （总编室）
传真：0771-5863291 （发行部）　　5850435 （办公室）
E-mail:jielipub@public.nn.gx.cn

经销：新华书店

印制：三河市汇鑫印务有限公司
开本：880 毫米×1260 毫米　　1/32
印张：8.5　字数：190 千字
版次：2006 年 1 月第 1 版　　印次：2006 年 2 月第 2 次印刷
印数：15 001—30 000 册
定价：16.80 元